dtv

Alfred Döblins erster Erzählband, der im November 1912 erschien, zählt zu den herausragenden Sammlungen der Novellistik in der deutschsprachigen Literatur des 20. Jahrhunderts. Vor allem die Titel-Geschichte ›Die Ermordung einer Butterblume‹ gilt als frühes expressionistisches Meisterwerk. Die vorliegende Neuausgabe bringt zum ersten Mal im Taschenbuch das verbindliche Textkorpus nach der Erstausgabe und präsentiert dazu ein ausführliches Nachwort sowie einen informativen Apparat – basierend auf der 2001 erschienenen kritischen Edition sämtlicher Erzählungen, herausgegeben von Christina Althen.

Alfred Döblin, geboren 1878 in Stettin als Sohn einer jüdischen Kaufmannsfamilie, Nervenarzt in Berlin, 1929 Welterfolg mit dem Roman ›Berlin Alexanderplatz‹, 1933 Emigration nach Frankreich, 1940 Flucht nach Amerika und Konversion zum Katholizismus. 1945 Rückkehr nach Deutschland, großes kulturelles Engagement, u. a. Mitbegründer der Mainzer Akademie. 1953 Rückzug nach Paris, 1957 gestorben in Emmendingen/Baden. Mit seinem Frühwerk war er bedeutendster Erzähler des Expressionismus, später maßgebend für die Erneuerung des Romans. Nahezu sein gesamtes Werk ist im dtv lieferbar.

Alfred Döblin

Die Ermordung einer Butterblume

und andere Erzählungen

Mit einem Nachwort
herausgegeben von
Christina Althen

Deutscher Taschenbuch Verlag

Juni 2004
Deutscher Taschenbuch Verlag GmbH & Co. KG,
München
www.dtv.de

Umschlagkonzept: Balk & Brumshagen
Umschlagbild: Ausschnitt aus dem Gemälde
›Weiblicher Akt mit Hut‹ (1911) von Ernst Ludwig Kirchner
(© Dr. Wolfgang & Ingeborg Henze-Ketterer, Wichtrach/Bern)
Satz: KompetenzCenter, Mönchengladbach
Druck und Bindung: Druckerei C. H. Beck, Nördlingen
Gedruckt auf säurefreiem, chlorfrei gebleichtem Papier
Printed in Germany · ISBN 3-423-13199-3

INHALT

ANHANG

DIE SEGELFAHRT

Die Digue von Ostende lag in dem blitzenden Mittagslicht. Die geschmückten Menschen auf der breiten Meerespromenade lachten und gingen an einander vorüber. Unter dem Widerschein des unermeßlichen Wassers funkelten die Fenster der Strandhäuser zärtlich auf. Das unablässige Brausen des Meeres rollte von den Steindämmen zurück, schwoll wieder an, schwoll immer wieder ab.

Der schwere Brasilianer ging mit offenem Munde unter den geschmückten Menschen. Er ging dicht am Meeresgitter der Promenade. Er hielt den Kopf gesenkt wie überrieselt vom Badewasser; seine vollen Lippen waren feucht. Die schwarzen weißdurchzogenen Haarsträhnen fielen über seine Ohren. Er bog den Kopf mit dem Kalabreser nach rechts und links, um dem Anprall des scharfen Windes zu begegnen. Er streifte ab und zu mit einem freudigen Blick das graugrüne Wasser. Sein gelbbraunes schwammiges Gesicht zuckte, die Augen, die in grauen Höhlen lagen, schimmerten; er spürte den feinen Luftwirbeln nach, die um seinen bloßen Hals fuhren, das graue Schläfenhaar anhoben und gegen seine Wange mit feinen Stiletten anschwirrten. Er fror leise; blickte an seinem weißen Vorhemd entlang, über das weißer Sonnenschein floß, und einen Augenblick beunruhigte ihn der Gedanke, daß sein Blick vielleicht Schatten werfe. Er seufzte, drängte sich tiefer zwischen die Menschen.

Das Schüttern des Eisenbahnzuges schwang noch in ihm nach, der ihn gestern von Paris an die See getragen hatte.

Fluchtartig hatte er Paris verlassen, fluchtartig war er auf seiner Jacht aus der Heimat über den Ozean gefahren, aus einem hoffnungslosen Glück; plötzlich seiner achtundvierzig Jahr gedenk. In Paris hatte er vier Monate lang die Schwelgereien der Kunst, der glatten Säle, die bestialischen Tänze ertragen; dann warf ihn eine Lungenentzündung hin; er lag aufgegeben wochenlang im Hospital. Als er am Sonntag das Haus verließ mit schwachen Knieen, schlug er den Kragen seines Loden-Capes hoch, bestieg eine Droschke, fuhr auf die Bahn. Einen Tag schlich er gebeugt durch das tote Brügge. Dann raffte er sich auf, jagte in der Julihitze nach Ostende.

Er hob den Blick von dem dünnen Sande, der unter seinen Füßen wegzog.

Sie glitt zum zweiten Male an ihm vorüber; rostfarbenes Haar unter breitrandigem weißen Hut. Ein grauer Blick aus einem klugen nicht jungen Gesicht wich vor ihm zurück. Sie war vielleicht Mitte dreißig. Er hörte noch hinter sich eine hohe gesangvolle Stimme.

Bei dem Klang dieser Stimme wandte sich Copetta um. In dem Augenblick hörte der Wind auf mit Messern zu werfen. Sie sprach mit einer alten Dame, die sie stützte. Der Brasilianer schob den Hut in den Nacken; eben als er über ihre schmalen Schultern blickte, schwarzer Überwurf auf dunkelblauer Seide, verlor er sie. Der weiße Hut wippte über der Menschenmenge, verschwand um eine Ecke.

Copetta schlenderte in ein Café, löffelte eine Schokolade. Das Meer rollte unablässig gegen die Steindämme; leises Scharren der Sandkörnchen; der Wind warf mit dünnen Stiletten.

Nachmittags um die Zeit des Kurkonzertes ging der schwarze Brasilianer in einem langen grauen Gehrock über die Digue. Leicht und frech wehte die Musik. Als er mit seinem dicken gelben Stock vor dem Kurhaus Schritt um

Schritt den Boden stampfte, wich ein grauer Blick wieder vor ihm zurück. Die alte Dame sprach auf sie ein. Ihr Gesicht war schmal, die Backenknochen traten scharf hervor; die kleinen Augen unter den dünnen roten Brauen blickten bestimmt und nüchtern, über der Nasenwurzel hatte sie Sommersprossen, von den Augenwinkeln zogen sich Fältchen. Ihr Gang schwebte.

Der Brasilianer strich sich über die Augen, blieb unwillig stehen, schlenderte weiter.

Gegen Abend saß er auf der Veranda seines Hotels. Als er die Weinkarte in die Hand nahm, fiel ihm ein, daß er heute dreimal eine Frau gesehen hatte, rostfarbenes Haar unter einem wippenden Hut; dreimal eine Frau, schwarzer Überwurf auf dunkelblauer Seide; ein grauer Blick. Still schob er seinen Stuhl zurück, mit Seufzen, Lächeln und Vorsichhinstarren zog er seine Brieftasche heraus, trug seine breite Visitenkarte in die Villa, in der er sie hatte verschwinden sehen, gab sie einem Mädchen ab. Als er wieder die Meerluft an seinem Hals fühlte, fragte er sich, wozu das eigentlich gewesen war. Dröhnend schlug er seine Zimmertür hinter sich zu, warf sich im finstern Zimmer auf einen Schreibsessel, zerriß die Bilder seiner beiden Kinder, nahm eine Nagelschere, zog seinen edelsteinbesetzten Trauring ab, hing ihn über die Schere, hielt den Ring über die brennende Kerze. Die Steine verkohlten; die Schere wurde heiß; er ließ sie fallen. Wühlte mit beiden Armen in zwei großen Eimern mit Meersand, die er sich auf sein Zimmer hatte bringen lassen, stand ächzend auf, bestreute den Boden und Teppich blind mit Sand, fluchte leise auf die Hunde, die Hausdiener, die zu wenig Sand gebracht hatten. Schlief auf seinem Sessel ein.

Wie er am Mittag eben auf der Veranda, in einem Stuhle liegend, tief die scharfe Luft einatmete und schwindlig die Augen schloß, stand vor ihm das Bild der gehenden Frau, sehr schmales verwelktes Gesicht, ein klarer bestimmter Blick, der sich fest auf ihn richtete. Sie hatte ihn bitten lassen, nicht Mittags sie zu besuchen. Er warf die dünne Decke von seinen Füßen, stülpte den Hut über das zerwühlte Haar, schritt schwerfällig, die Arme auf der Brust verschränkt, die Stufen herunter, über die leere sonnige Promenade, auf ihre Villa zu, ein einstöckiges Haus mit schmalen, geschlossenen Fenstern. Er schob sich durch einen dunklen Korridor, klopfte leise an die Tür, an der ihr Name auf einer Visitenkarte stand. Nichts verlautete. Er riß die Türe auf.

Sie lag halb im Bett; hatte, um herauszuspringen, die blaue Decke nach der Wand zu geworfen. Zwei volle frauenhafte Beine berührten mit feinen Zehen eben den Boden, ein sehr schmächtiger strenger Körper richtete sich auf in einfachem, bandlosen Hemd, ein ernstes schmales Gesicht unter dem aufgelösten Haar.

Erschüttert blieb der schwarze Brasilianer an der Türe stehen. Sie lächelte, deckte sich zu, bat ihn, in einer Viertelstunde wiederzukommen. Totenblaß, ohne ein Wort zu sprechen hob er seinen Stock vom Boden auf. Das alte Mädchen gab ihm die Hand; er sah in kleine nüchterne Augen.

Am Abend kam ein Bote aus seinem Hotel zu ihr; er lud sie zu einer Segelfahrt für den nächsten Morgen ein; nicht einmal seinen Namen hatte er auf der Karte unterschrieben. Sie drehte den mächtigen Briefbogen in der Hand hin und her; halb unwillkürlich nahm sie einen Bleistift, schrieb auf dasselbe Blatt, er möchte kommen, er möchte recht früh kommen; sie machte unter ihren Namensbuchstaben L. noch einen wunderlichen Schnörkel, den sie fast eine Minute malte.

Bei grauendem Morgen lief sie ihm vor der Tür in dünner Bastseide entgegen; sie sprangen eilig die schmale

Steintreppe zu dem murmelnden Strand herunter; sie warf mit Muscheln nach ihm zurück und fand, als sie sich nach ihm umwandte, daß es in seinen Mienen leidenschaftlich zuckte. Ganz weißes Leinen trug er; er ging mit bloßem Kopf; die linke Hand trug er im Gelenk verbunden; er sagte, er hätte sich gestern Abend beim Fall über Glas an der Ader geschnitten. Mit einem Ruck stieß er ein kleines Ruderboot in das Wasser, hob die Aufschreiende auf den Sitz, sprang nach, ruderte gemächlich auf ein Segelboot zu, das vor der Holzbrücke am Herrenbad schaukelte. Sie sprangen in den Segler; Copetta zog schon den Anker; ihre bloßen Arme hielten sich an der Steuerbank fest, leise klangen die hölzernen Mastringe an, nach einem Zug blähte sich das Großsegel; das Boot ging in See.

Sie fuhren durch die Strandgischt in das graugrüne Meer hinein. Über die scharfe Horizontlinie kam ein weißer Schein, der sich von Augenblick zu Augenblick verstärkte und höher rückte. An dem starken Morgenwinde flogen sie gleichmäßig hin. Nun hockte der Brasilianer neben dem Großbaum auf den Planken, legte die Takelung fest. Wild lachend richtete er sich auf, schwang breitbeinig ein dünnes Tau wie ein Lasso um seinen Kopf und warf es gegen sie; sie schüttelte sich umschnürt, löste sich mit einem Ruck, schleuderte das Seil geballt mit einem mädchenhaften Kichern gegen seine Brust. Rasch hatte sie das Ruder angebunden an sich, sich über Bord gebückt, überschüttete ihr kaltes Gesicht mit Meerwasser, warf, einen Fuß auf der Ruderbank, bis über die Ärmel triefend, zwei volle Hände gegen ihn. Er fing das Salzwasser schlürfend mit offenem Munde auf, schluckte. In dem böig aufblasenden Wind ließen sie das Boot laufen, das anfing wie ein unruhiges Tier zu zittern. Sie jagten sich über die Planken. Johlend sprang die Schmächtige auf die Ruderbank und schlug mit den Fäusten gegen die Takelung. Sie riß sich ihre dünne Jacke ab, pfiff und drehte sich um sich selbst. Ihr Mund mit den dünnen Lippen öffnete sich oft zu einem kurzen, kindlichen Lachen.

Der breitschultrige Brasilianer saß zusammengesunken auf dem Bordrand; erschüttert hörte er ihr Lachen, mit bebenden Lippen, hochgezogener Stirn hielt er ihren Kopf, als sie sich über seine Kniee legte und ihn neugierig betrachtete. Seine steinharten Hände stemmten ihre aufstrebenden Schultern ab; er wiegte den Kopf verneinend hin und her. Die Wellen krochen über Bord, sie schlüpften wie kleine Hunde sacht an ihnen herunter auf die Planken. Der Wind nahm an Stärke zu. Das Boot legte sich stark über, das Kleid des Großsegels fing an zu flattern, sie schossen in den Wind. Die schwarzen fast glasigen Augen des Brasilianers sahen über ihr triefendes Haar weg, das alte Mädchen suchte mit rückgebogenem Kopf nach seinem Munde, seinem Hals, sie tastete sich an seiner Brust hin. Sein schwammiges zerfaltetes Gesicht war gelöst, als ginge immer ein feierliches glückerfülltes Wort um ihn herum. Das Boot schwankte steuerlos, Welle auf Welle rollten an. Copetta saß auf dem Bootsrand. Als eine hohe Wand gegen das Boot ging, hob er weit die Arme auf, legte sich wie auf ein Kissen mit dem Rücken gegen die Welle. Das Polster glitt zurück. Sie hörte, wie er etwas murmelte; sie sah noch den berauschten, verschlossenen Blick, mit dem er verschwand.

Ein Stoß des Bootes warf sie gegen den Mast. Sie fühlte keinen Schmerz in ihrem blutigen Arm. Sie schrie nach der Stelle hin gellend Hilfe, lange Rufe stieß sie aus. Man fand sie bald in dem treibenden Boot liegen. An Land erwartete man sie. Man wußte alles; Copetta hatte ein Telegramm an die Behörde geschickt.

Sie blieb noch eine Woche bei der alten Dame in der einstöckigen Villa. Dann sagte man ihr, daß sie mehrmals mittags im Speisezimmer sich auf die Dielen geworfen habe vor den andern und mit den Händen in die Luft taste. Daß das Hausmädchen von außen beobachtet hätte, wie sie am hellen Morgen mitten in ihrem Zimmer stillstand und sich um sich drehte. Am Nachmittag des Tages, an dem man ihr dies sagte, packte sie mit dem Hausdiener ihre Koffer, legte ein schwarzes Kleid an, verließ ihre Mutter, fuhr nach Paris.

Sie nahm ein kleines Zimmer und ging auf die Straße. Sie trug ihr rotes Haar aufgetürmt; Wangen und Lippen geschminkt. Sie kam tagelang nicht nach Hause. Sie versagte sich niemandem. Es war ihr eine Lust, sich jedem Rolljungen, Viehtreiber in die Arme zu werfen. Sie machte sich mit gleichgültigem Lachen und Kopfschütteln zur Beute jeglicher Krankheit, die auf sie sprang, und trug sie mit Küssen, mit Gähnen und Inbrunst weiter. Sie schlich nach einigen Monaten in schwarzen Seidenkleidern in die strahlenden Ballsäle. Ihr Gesicht war voller geworden; die kleinen Augen glänzten unter dem Atropin. Die jungen Männer nannten sie: die Hyäne. Sie trug in die Ballsäle eine sonderbare Bewegungsweise. Der Tanz war ersichtlich aus einer eigentümlichen Ungeschicklichkeit der Tänzerin entstanden, die sich schon bei ihren ersten Schritten auf dem Parkett zeigte. Sie stieß jede berührende Hand zurück, wiegte sich in den Hüften vor ihrem Partner nach rechts und links, nur langsam wie ein Schiffer von einem Bein taumelnd auf das andere. Dann umging sie mit plumpen Füßen ihren Partner und jetzt wiegten sie sich gemeinsam, Hüfte an Hüfte gefaßt, aber er sprang vor ihren aufgehobenen Armen zurück, sie suchte ihn, sank über ihn hin und schließlich walzte sie nicht, sondern ließ sich von ihrem Partner halb tragen, wobei ihre Füße kaum über den Boden schleiften und sie die Augen schloß.

Sie ließ ein Jahr über sich ergehen. Als eines Abends der

Postbote zu einem riesigen Blumenstrauß einen Brief brachte, drehte sie lange den mächtigen Bogen in ihren gepflegten Händen hin und her. Sie warf die Blumen in den Papierkorb, schlug den zitronengelben Kimono über die Brust zusammen, setzte sich an den Schreibtisch und spielte mit dem stark parfümierten Bogen. Der Bote stand noch an der Tür, seine Uniformmütze setzte er schon auf, als sie sich erhob und ihn bat, eine Depesche zu besorgen. Sie schien wie erleuchtet; sie nahm ein befehlerisches Wesen an. Sie telegraphierte nach Ostende: »Herrn Copetta, Ostende Hotel Estrada, erwarten Sie mich morgen Mittag. Bitte Drahtantwort.« Eine Stunde stand sie zitternd auf der Treppe, ob die Antwort bald käme. Sie packte den Handkoffer. Nach drei Stunden schickte sie um einen Wagen; zog einen dünnen Anzug aus gelber Bastseide an, fuhr auf die Bahn. Der Zug rannte lange Stunden der Nacht, rannte über Brüssel, Gent, Brügge; schließlich Ostende frühmorgens. Sie rasselte durch die engen bekannten Straßen der Stadt. Mit einmal leuchtete zwischen den Häusern das Meer auf, das graugrüne Meer. Sie stand aufgerichtet in der rasselnden Droschke, als der böige Wind sie mit einem Hagel von Stiletten überschüttete. Sie schrie aufgerichtet im Wagen vor Heimweh und Seligkeit, hob ihren Sonnenschirm auf und winkte dem graugrünen Meere zu. Sie betrat ihr altes Zimmer wieder, hörte halb, daß ihre Mutter schon seit langen Monaten in diesem Hause gestorben sei. Ihr Gesicht war still; aber als die Pensions-Dame sie entsetzt fragte, warum sie hier sitze und so lache, antwortete sie: »doch vor Glück, liebe Frau, wovor denn sonst als vor Glück. Was erzählen Sie?«

Und dann nahm sie, die sich sanft wie eine schöne junge Frau bewegte, ihren weißen Sonnenschirm und ging an das Meer. Die Digue lag in dem blitzenden Mittagslicht. Unter dem Widerschein des unermeßlichen Wassers funkelten die Fenster der Strandhäuser zärtlich auf. Unablässig brüllte das Meer, warf sich gegen die Steindämme und legte sich platt hin. Sie drängte sich gewandt durch die geschmückte Menge, schlüpfte in das Vestibül des Hotels. Der Portier gab ihr das Telegramm; er erzählte, der Herr sei vor einem Jahr etwa verunglückt auf einer Segelpartie. Sie faßte sich an die Brust: »Auf diesem Meer?« Und dann drückte sie ihm ein Geldstück in die Hand, warf ein paar Zeilen auf ein Blatt Papier mit ihrer Adresse, flüsterte ihm ins Ohr, er möchte doch dies Blatt an sich nehmen; wenn der verunglückte Herr heut Abend käme, möchte er es ihm sofort geben. Sie ging an dem Verblüfften lächelnd vorbei auf die Promenade, nahm einen jungen Herrn, der ihr folgte, an, hörte, mit ihm nachmittags an der Kapelle eine Schokolade trinkend, mit strahlendem Gesicht die freche leichte Musik des Kurkonzerts.

Der Abend kam herauf. Der Vollmond hing schlohweiß über dem ungeheuren Wasser.

Sie stand an ihrem Fenster und wartete. Es wurde Nacht; sie hatte schon ungeduldig auf das rostrote Haar den wippenden weißen Hut gesetzt. Sie lief auf den Zehen durch den dunklen Korridor, sah die lange Strandpromenade herunter, die im blendendweißen Mondlicht lag. Dann lief sie die lange Promenade hin und her, hielt ihren Hut fest, den der Sturm abhob, spielte mit ihrem Schatten, der schwarz vor ihr herfiel, tanzte ihm pfeifend auf offenem Weg etwas vor, machte ihm lange Nasen. Sie lugte nach dem Hotel, ob sein Fenster noch nicht hell wurde. Um zwölf Uhr schlief sie auf ihrem Bett sitzend ein; gegen vier fuhr sie entsetzt zusammen; es war schon ganz hell. »Er ist voraus.« Sie huschte die Tür hinaus, warf draußen johlend die Arme in die Luft, rief ihren Namen, tutete dazu. Im Nu war sie die schmale Steintreppe herunter. Sie suchte die Abfahrtsstelle, lief zu den Badehäusern. Da lagen kleine und große Ruderboote. Keine frischen Männerschritte im Sand! Sie zog die Schuhe und Strümpfe aus, warf ihren Hut an den Strand, schürzte ihren Rock, zog keuchend an dem Bootsseil. Jetzt sprang sie ein, zog die Ruder. Nur wenig wurde sie von der Brandung zurückgeworfen, dann fuhr sie sicher aus.

Scharf blies der Wind über das offene Wasser; dicke Regentropfen fielen; weit und breit kein Segel, kein Boot. Über die hohen gebogenen Wellenwände kroch ihr Boot, stürzte metertief, kroch unverdrossen weiter. Sie suchte nach allen Seiten; die Angst überkam sie. Sie schrie auf den Knieen kriechend, von jeder Wellenhöhe seinen Namen kreischend über das brodelnde Wasser, aber jetzt schlüpften nicht zahme Hündchen über den Bord; wie der Steinschlag fielen die Wellen auf die Brust der Atemlosen, die sich die Augen wischte. Eben legte sie, schon erlahmend, die Ruder hin, brach in ein wütendes Schluchzen aus, schlug sich verzweifelt mit den Fäusten gegen die Brust, als eine dunkle Gestalt sich neben dem Boot aus dem Wasser aufrichtete. Auf dem Kamm einer Welle schwang sich die dunkle Gestalt ins Boot. Der Brasilianer saß stumm auf dem Bootsrand und ließ die Beine auf die Ruderbank hängen. Er war unförmig geschwollen; seinen weißen Anzug trug er prall auf dem Körper. Die weißgrauen Haare waren dick inkrustiert mit Salz; schwarzgrüner Tang hing in Büscheln über sein triefendes gelbbraunes Gesicht, dessen Mund bebte. Dünner weißer Sand und Muscheln rieselten von seinen breiten Schultern, floß aus seinen Ärmeln. Er blies laut die Luft von sich, dann atmete er stiller. Langsam hob er den rechten Arm und wehrte die Frau ab, die sich jubilierend von dem Boden erhob. Seine tiefen schwarzen Augen sahen sie fragend an, ihr volles frauenhaftes Gesicht, ihre Lippen, die reif waren, ihre kleinen lebendigen Augen unter den roten Brauen, die jetzt beseelt und süchtig strahlten. Dann blickte er an ihr vorbei. Sie stürzten unter peitschendem Regen zwischen Wellenbergen hinunter; sie hörte ihr eigenes entsetztes Rufen nicht unter dem Singen und Flöten des Sturmes. Er senkte seinen Arm, legte sich wie auf ein Kissen mit dem Rücken gegen die Welle. Das Polster glitt zurück. Sie sah wie er langsam den Kopf ihr zuwandte, sah den berauschten, aufgeschlossenen Blick auf sich gerichtet, sprang ihm nach, und nun umschlangen sie die wulstig dicken Arme; jetzt lachte sie gurgelnd und drückte ihren Kopf an seinen gedunsenen. Und wie sie zusammen die nassen Wellen berührten, wurde sein Gesicht jung; ihr Gesicht wurde jung und jugendlich. Ihre Münder ließen nicht von einander; ihre Augen sahen sich unter verhängten Lidern an. Eine Wassermasse, stark wie Eisen, schickte das unermeßliche graugrüne Meer heran. Die trug sie, mit der Handbewegung eines Riesen an die jagenden Wolken herauf. Die purpurne Finsternis schlug über sie. Sie wirbelten hinunter in das tobende Meer.

DIE TÄNZERIN UND DER LEIB

Sie wurde mit elf Jahren zur Tänzerin bestimmt. Bei ihrer Neigung zu Gliederverrenkungen, Grimassen und bei ihrem sonderbaren Temperament schien sie für diesen Beruf geeignet. Läppisch bis dahin in jedem Schritt, lernte sie jetzt ihre federnden Bänder, ihre zu glatten Gelenke zwingen, sie schlich sich behutsam und geduldig in die Zehen, die Knöchel, die Kniee ein und immer wieder ein, überfiel habgierig die schmalen Schultern und die Biegung der schlanken Arme, wachte lauernd über dem Spiel des straffen Leibes. Es gelang ihr, über den üppigsten Tanz Kälte zu sprühen.

Mit achtzehn Jahren hatte sie eine kleine seidenleichte Figur, übergroße schwarze Augen. Ihr Gesicht fast knabenhaft lang und scharfgeschnitten. Die Stimme hell, ohne Buhlerei und Musik, abgehackt; ein rascher, ungeduldiger Gang. Sie war lieblos, sah klar auf die unbefähigten Kolleginnen und langweilte sich bei ihren Klagen.

Mit neunzehn Jahren befiel sie ein bleiches Siechtum, so daß ihr Gesicht abenteuerlich fahl vor dem blauschwarzen Haarknoten schimmerte. Ihre Glieder wurden schwer, aber sie spielte weiter. Wenn sie allein war, stampfte sie mit dem Fuße, drohte ihrem Leib und mühte sich mit ihm ab. Keinem sprach sie von ihrer Schwäche. Sie knirschte mit den Zähnen über das Dumme, Kindische, das sie eben zu besiegen gelernt hatte.

Als Ella sich in Schmerzen auf die Lippen biß, warf sich die Mutter über das Sofa hin und weinte stundenlang. Nach einer Woche faßte die alte Frau einen Entschluß und sagte, während sie auf den Boden sah, zu ihrer Tochter, sie sollte ein Ende machen und ins Krankenhaus gehen. Worauf Ella kein Wort antwortete, nur einen gehässigen Blick auf das runzlige, hoffnungslose Gesicht warf.

Sie fuhr schon am nächsten Tage ins Krankenhaus. Im Wagen weinte sie unter ihrer Decke vor Wut. Ihren leidenden Körper hätte sie anspeien mögen, bitter höhnte sie ihn; es ekelte sie vor dem schlechten Fleisch, an dessen Gesellschaft sie gebunden war. In leiser Angst öffnete sie die Augen, als sie die Glieder betrachtete, die sich ihr entzogen. Wie machtlos sie war, o wie machtlos sie war. Sie rasselten über das Pflaster des Hofes. Die Tore des Krankenhauses schlossen sich hinter ihr. Die Tänzerin sah mit Abscheu Ärzte und Kranke. Die Schwestern hoben sie weich ins Bett.

Nun verlernte die Tänzerin zu sprechen. Das Befehlerische ihrer Stimme hörte sie nicht mehr. Es geschah alles ohne ihren Willen. Man achtete aber auf jede Äußerung ihres Leibes, behandelte ihn mit einem maßlosen Ernst. Täglich, fast stündlich fragten sie die Tänzerin nach seinen Dingen, schrieben es sorgfältig in Akten auf, so daß sie erst darüber unwillig wurde, dann sich immer tiefer verwunderte. Sie trieb bald in eine dunkle Angst und Haltlosigkeit hinein; ein Grauen überkam sie vor diesem Leib. Sie wagte gar nicht, ihn zu berühren, an ihm zu wischen, starrte auf ihre Arme, ihre Brüste, erschauerte, als sie sich lange im Spiegel besah. Ihr Mund schluckte Medizin, die sie ihm zu trinken gab; sie begleitete die bitteren Tropfen, wie sie hinunterrannen und sann darüber nach, was er daraus machte, er der Leib, der kindische, o der herrische, der finstere. Klein wie eine Fliege wurde sie; und nachts stand die Todesangst hinter ihrem Bett. Ihre Augen, die in Unheimliches sahen, wurden steif. Die Spöttische mit dem Knabengesicht war nun fromm und betete vor Anbruch der

Nacht mit den Schwestern. Die Mutter erschrak, als sie die Tochter besuchte. So kleinmütig, hilfsbedürftig war ihr Kind nie gewesen. »Wir stehen alle in Gottes Hand,« tröstete die Mutter die Verfallene, die sich an ihr festhielt. »Ja,« flüsterte die Tänzerin, »wir stehen alle in Gottes Hand.«

Das gleichmäßige Treiben um sie beruhigte sie wieder, schnell schwand das Entsetzen, wie es hereingebrochen war. Der Widerwillen gegen die Kranken im Saal flackerte auf. Und die Empörung lungerte in den scharfen Zügen, daß man ihm Ehrfurcht zolle, dem Verderbten, Verderbenden, und über sie fortsähe, als wäre sie tot. Das beleidigte die Herrische. Sie sperrte den Leib ein, legte ihn in Ketten. Es war nun ihr Leib, ihr Eigentum, über das sie zu verfügen hatte. Sie wohnte in diesem Haus; man sollte ihr Haus zufrieden lassen. Jeden Tag schlugen sie mit Hämmern gegen ihre Brust und belauschten das Gespräch ihres Herzens. Sie malten ihr Herz auf die Brust, so daß es alle sehen konnten; rissen an das Licht, das sich drin versteckt hatte. O man beraubte sie. Mit jeder Frage trugen sie ein Stück von ihr weg. Man drang mit Giften auf sie ein, die feiner waren als Nadeln und Sonde; kamen ihr auf alle Schliche, trieben sie ganz in ihren Fuchsbau zurück. Alles nahmen ihr die Diebe, und so wunderte sie sich nicht, daß sie täglich schwächer wurde und totblaß dalag. Jetzt wurde sie erbittert und wehrte sich. Sie belog die Ärzte, beantwortete ihre Fragen nicht, ihren Schmerz verheimlichte sie. Und als man sie wieder befragen wollte, machte sie sich im Bette steif, stieß die Schwestern zurück, ja lachte in plötzlich aufloderndem Hasse den Ärzten, die den Kopf schüttelten, ins Gesicht und schnitt ihnen eine höhnische Fratze.

Aber so krampfhaft tapfer konnte sie sich nicht lange halten. Täglich gingen ohne Unterlaß die weißen Mäntel durch die Säle, klopften an den Kranken, schrieben alles auf. Täglich und stündlich kamen die Schwestern, brachten ihr Nahrung und Heiltränke: daran erlahmte die Tänzerin. Sie warf das Spielzeug wieder hin; dumpf verachtend ließ sie mit sich geschehen. Es ging sie nichts an, was geschah. Ein kindisches Wesen lag da, das sie elend machte; was sollte sie um ihn kämpfen, was sollte sie ihn um seine Ehre beneiden? Schlaff ruhte sie in ihrem Bett. Der Leib lag wieder, ein Stück Aas, unter ihr; um seine Schmerzen kümmerte sie sich nicht. Wenn es sie nachts stach und quälte, sagte sie zu ihm: »Sei ruhig bis morgen zur Visite; sag es den Ärzten, deinen Ärzten, laß mich zufrieden.« Sie führten getrennte Wirtschaft; der Leib konnte sehen, wie er sich mit den Doktoren abfand. »Es wird schon protokolliert werden.« Damit schnitt sie der Belästigung das Wort ab.

Oft empfand sie ein lächelndes Mitleid mit diesem dummen kranken Kindchen, das in ihrem Bette lag. Sie teilte ruhig und gewissenhaft mit, was ihn drückte. Gleichgültig und leicht ironisch beobachtete sie die Ärzte und konstatierte ironisch die Erfolglosigkeit ihrer Anstrengungen. Eine Spannung und Lustigkeit kam wieder über sie und eine wild sich schüttelnde Schadenfreude über das Mißgeschick der Ärzte und den Verderb des Leibes. Wie sie unter Gelächter ihren Mund in das Kissen drückte, hatte sie ihren alten Hohn und ihre Kälte wieder.

Als am Mittag Soldaten mit klingender Marschmusik an dem Krankenhause vorbeizogen, saß die Tänzerin jach in ihrem Bette auf, mit glühenden Augen, gepreßten Lippen, ganz über sich gebückt. Nach einer Weile rief eine scharfe, wenn auch leise Stimme die Schwester an das Bett. Die Tänzerin wollte sticken und begehrte Seide und Leinewand. Mit einem Bleistift warf sie rasch auf das weiße Tuch ein sonderbares Bild. Drei Figuren standen da: ein runder unförmiger Leib auf zwei Beinen, ohne Arm und Kopf, nichts als eine zweibeinige, dicke Kugel. Neben ihm ragte ein sanftmütiger großer Mann mit einer Riesenbrille, der den Leib mit einem Thermometer streichelte. Aber während er sich ernst mit dem Leib beschäftigte, machte ihm auf der andern Seite ein kleines Mädchen, das auf nackten Füßen hüpfte, eine lange Nase mit der linken Hand und stieß mit der rechten eine spitze Schere von unten in den Leib, so daß der Leib wie eine Tonne auslief in dickem Strahl.

Mit roten Fäden stickte die Tänzerin das Bild roh aus und lachte lustig zwischendurch für sich.

Sie wollte wieder tanzen, tanzen.

Wie einstmals, als sie Kälte über jede Üppigkeit des Tanzens sprühte, als ihr straffer Leib wie eine Flamme geweht hatte, wollte sie ihren Willen wieder fühlen. Sie wollte einen Walzer, einen wundersüßen, mit ihm tanzen, der ihr Herr geworden war, mit dem Leib. Mit einer Bewegung ihres Willens konnte sie ihn noch einmal bei den Händen fassen, den Leib, das träge Tier, ihn hinwerfen, herumwerfen, und er war nicht mehr der Herr über sie. Ein triumphierender Haß wühlte sie von innen auf, nicht er ging zur Rechten und sie zur Linken, sondern sie, – sie sprangen mitsamt. Sie wollte ihn auf den Boden kollern, die Tonne das hinkende Männlein, Hals über Kopf es hintrudeln, ihm Sand ins Maul stecken.

Sie rief mit einer Stimme, die urplötzlich heiser geworden war, nach dem Doktor. Über sich gebeugt, sah sie ihm von unten ins Gesicht, wie er erstaunt die Stickerei betrachtete, sagte dann mit ruhiger Stimme zu ihm auf: »Du, – Du Affe, – Du Affe, Du Schlappschwanz.« Und stieß sich, die Decke abwerfend, die Nähschere in die linke Brust. Ein geller Schrei stand irgendwo in der Ecke des Saales. Noch im Tode hatte die Tänzerin den kalten verächtlichen Zug um den Mund.

ASTRALIA

Herr Götting, Adolf Götting, Privatgelehrter, wohnhaft Albrechtstraße 15, drei Treppen rechts bei Frau Schülke. Er sitzt in seinem Zimmer auf einem Sofa und läßt sich von der Lampe wärmen. Ein gedrücktes Männlein mit verschrumpeltem Gesicht, gelblich, entzündeten Augen und rascher weicher Stimme. Seine Finger spielen mit den Fransen der braunen Wolldecke, welche über seinen dünnen Beinen liegt.

Mit kurzen Handbewegungen belehrt das Männlein seine Frau, ein blasses angenehmes Wesen, welches ihm gegenüber auf einem Stuhl mit gefalteten Händen sitzt, daß Übung die Grundlage der Kultur sei und daß es wisse, was es sage. Auch wirke der Most erfreulich auf Magen und jegliche Schleimhaut und werde wahrscheinlich im Darm zu Wein umgewandelt. Die Kraft des Lebens zur Verwandlung sei unermeßlich. Es wisse, was es sage.

Sanft haucht die verblühte Frau etwas über feuchte Herbstwitterung, über Aufregungen einer Sitzung, über vieles Trinken.

Indessen hebt das katarrhalische Männlein langsam mit gespreizten Fingern die Wolldecke von seinen Beinen auf, legt sie neben sich auf das Sofa. Schlurrend, mit geknickten Beinen geht es an das Fenster, öffnet es mit Knarren und sieht in den Nachthimmel.

Seine Stimme klingt geduldig und fromm.

»Ich sollte dich nicht anhören, Elfriede. Du weißt nicht, was du sprichst.

Heut ist Neumond. Du verstehst mich.«

Er sagt das: »Heut ist Neumond« ganz einfach, ohne Pathos.

»Das Gemüt, das Gemüt. Wenn wir das Gemüt bereit halten, haben wir alles getan. Heute ist Neumond. Von innen heraus werde ich alles überwinden. Wie ich schon manche Bedrängnis überwunden habe. Und der Most« – mit einmal schlägt ein Entzücken in seiner Stimme auf und Feierlichkeit –, »siehst du es nicht? Das Gemüt wird geölt durch ihn; es wird behende gemacht, und dann kann es frei springen, in die Luft, wo es frei ist. Da kann es hin springen. Oder auf die Felder oder in die Kartoffeln – das ist ganz egal. Und noch anderes, ja Elfriede: es kann zwitschern, das Gemüt, für alle Ohren zirpen, zwitschern, glaubwürdig singen.«

Das Licht flackert, die Lampe blakt.

Aber als die bekümmerte blasse Frau ins Licht sieht, seufzt das Männlein.

Das sanfte Wesen weht auf das Männlein zu, bindet ihm einen braunen, schwarzgestopften Strumpf um den Hals.

»Zieh dich warm an, lieber Adolf. Nimm dir auch eine Leibbinde um; sie liegt auf deinem Bett. Ach, das lange Ausbleiben nachts. Nein.«

Das aufgeschwemmte liebevolle Nichts läßt sich von dem Männlein die Hände drücken und verschwindet aus dem Zimmer.

Herr Götting, Adolf Götting, Privatgelehrter, wohnhaft Albrechtstraße 15, drei Treppen hoch, bei Frau Schülke. Verfasser einer Geschichte der hauptsächlichen Fehler im menschlichen Handeln seit dem Sündenfall bis zur Gegenwart, Verlag Schultze & Velhagen, Berlin, neunzehnhundertunddrei, dreihundertundsiebenzig Quartseiten, gebunden vier Mark, Mitglied mehrerer frommer Vereine. Gründete die freie Brüderschaft: »Astralia«, arbeitet augenblicklich über »Das innere Leben und seine körperliche

Darstellung«. Er geht jetzt im dicksten Dunkel, schweren Nebel auf dem Wall der Stadt. Er geht spazieren, weil er Denker ist. Er weiß, daß er Denker ist; seine Frau weiß es nicht.

Der gedrückte kleine Herr geht unter den schwarzen Ulmen und preßt sein Taschentuch gegen Mund und Nase. Er ist kein Spaßdenker, mehr als ein Denker, ein Verkünder, ein Seher, der seine Zeit abwartet. Er schlendert behaglich und froh, mit einer gewissen Sehnsucht; er nimmt mit seinen kleinen Augen Gedanken von den Bäumen herunter wie Äpfel. Die Jahre sind ja vorbei, wo etwas Bitteres, Schwarzes neben den Ulmen hier kroch, abends, und die Hände ausstreckte. Man war still, wenn er redete, aber bald kicherte man und stieß sich an. Und das Gucken und Quietschen und unterdrückte Gelächter, wenn das Alräunchen eintönig seine Lehre hersang, seine Bußsalbadereien, mit den langen Armen fuchtelte, plötzlich abbrach und starr in den Lärm hineinhörte. Zu Hause versteckte es sich dann und sann über das Gebaren der Leute nach. Das verdüsterte Alräunchen konnte die Menschen dann hassen, drohte ihnen, aber erschrak bald über seinen Rachedurst und weinte verzweifelt, weil ihm doch die Kraft nicht gegeben war.

Eines Tages aber wird ein Wunder geschehen, darum schleicht es jetzt sehnsüchtig unter den Ulmen in der Sturmwindnacht; da werden sie glauben und nicht spötteln. An einem angststarren Abend ist ihm das zur Gewißheit geworden. Von innen heraus wird es ihn ergreifen, berühren, wenn das Gemüt sich hoch genug gestaut hat; es wird ihn verwandeln, er weiß selbst nicht wie. Seine Arme werden nicht mehr dünn, lang wie Affenarme sein; seine Stimme nicht mehr krächzen. Ein Heiligenschein wird über seinem Kopfe stehen.

»Halloh, der Segen Gottes mit dir und alle guten Geister.« Die kleine Brüderschaft, ehrbare dicke und dünne Männer, erhebt sich vor ihrem Vorsitzenden in der niedrigen Schenke am Wall.

Sie trinken Most aus Holzbechern, preisen die unsterbliche Seele. Eins spricht nach dem andern. Alle Güter müssen geteilt werden, und das Töten von Tieren ist Mord, und wenn man nicht bald in sich geht, steht der Weltuntergang bevor.

Sie trinken Most. In den plumpen schmutzigen Händen halten sie blaugeheftete Gebete, singen »ich weiß, daß mein Erlöser lebt«, und er ist nahe, mit einer Fußsohle steht er schon auf der Erde.

Sie rauchen aus langen schwarzen Pfeifen mit Totenköpfen, qualmen heftig.

Ein gedrücktes Männlein mit verschrumpeltem gelben Gesicht, entzündeten Augen und rascher, weicher Stimme steht an einer Ecke des Tisches auf, mit geröteten Wangen.

Es ruft in das erregte Gläserklirren hinein; daß der Prophet nahe sei, daß der erwartete die Ungläubigen niederstürzen werde, Völker und Könige und Brüder. Er müsse kommen bald. Der süße Trank beselige es. Im Stillen habe das Zukünftige sich vorbereitet, gleichsam wie das Kind in einer Schwangeren; wer wisse, in welchem Leid. Es versichere die Brüder, es sei so. Der große Krieg werde ausbrechen, in dem die Menschen sich gegenseitig vernichten; schon sei die Spannung auf Erden nicht mehr zu steigern, schon starre die Welt in Rüstung, und nur die Friedfertigen blieben übrig. In den Wolken stünde schon der Heiland, bereit, sein Werk zu vollenden, in den Wolken, welches seine eigenen Worte sind.

Sie trinken Most. Sie öffnen der Neumondnacht die kleine Tür der Schenke.

Auf einmal verstummen alle.

Einer steht mit wirren Worten auf.

Sie erschrecken.

Es geschehen heimliche Dinge. –

Am nächsten Morgen schurrt etwas Verhutzeltes mit dünnen Beinen aus der Tür der Schenke.

Erst taumelt es, und die Hände suchen, greifen nach jedem Festen, Pfahl, Baum, Gartenzaun. Dann geht es gerade und fest. Den Kopf auf die linke Schulter gefallen; geblähte Nüstern; wässrige, starre, halboffne Augen. Es geht halbnackt; in bloßen Hemdärmeln ohne Stiefel und Hut. Es wirft die Beine bei jedem Schritt weit nach vorn, preßt die Arme vor die Brust aneinander. Als die Menschen oben auf der Ulmenallee stehen bleiben, ein kleines Milchmädchen mit ihrer Blechkanne und zwei Straßenkehrer, verschlafene weiße Gesichter, fährt der Verhutzelte zusammen.

Man sieht es an. Es muß gerade gehen, jawohl, gerade gehen.

Es singt vor sich hin …

Es geht langsam seines Weges fürbaß, so selig, leidvoll, getragen von einer schweren, dunklen Wolke. In den Wolken steht es, in den Wolken, welches seine eigenen Worte sind.

Ein heißer Schauer fährt plötzlich über das Männlein. Wenn es geschehen wäre, das Unglaubliche, die Verwandlung, heut über Nacht!

Die beiden Straßenkehrer hatten es angestarrt. Es reckt sich und hebt den Kopf, läßt ihn wieder fallen. Es war die heilige Neumondnacht. Und von ihm ginge etwas aus, eine Scheu, ein Schein, von seiner Stirne, von seinen Haaren. Besteche, bezwinge die Menschen. Es konnte ja nicht möglich sein.

Summend, mit stillem Singen und Träumen geht es weiter.

In den engen Straßen unten stoßen sich die Barbiere,

die Rolljungen, die Bäcker an; sie treten zusammen und zischeln. Ein offenes gemeines Lachen hört Herr Götting plötzlich, wie er es nie gehört. Und nun entsetzt er sich tief und in glücklichem Graus: es ist geschehen, das Wunder hat sich vollzogen, der Herr hat es vollzogen. Laß, laß sie fluchen und speien! Und fester Boden liegt unter seinen Füßen, er träumt nicht, atmet die kühle Morgenluft. Mit beiden Sohlen steht er auf der Erde.

Während er in die Hauptstraße einbiegt, in der eben die Geschäfte geöffnet werden, laufen ihm die Schuljungen in Rotten nach, stoßen sich an, gröhlen laut, springen ängstlich beiseite.

Das Leid aller Jahre ist vergessen; oh Dankbarkeit dem, der alles lenkt. Hosianah Dir, Herr!

Das Männlein steigt die Treppen zu seiner Wohnung hinauf, Albrechtstraße 15. Im Hausflur verstummen die Menschen wie mit einem Schlage, als sein Blick sie trifft. Dann hebt ein langes Geraune hinter seinem Rücken an und tönt noch, als die Glocke gezogen wird. Mit Lächeln geht das Männlein über die Schwelle. Das seltsame sieht dem schwermütigen dicken Geschöpf in die Augen, das in das Zimmer huscht, wo das Verhutzelte steht, den Kopf auf die linke Schulter gefallen, die Arme gegen die Brust gepreßt, und Liebe um den Mund und die wässrigen, verkniffenen Augen. Seine beiden Hände strecken sich nach ihr aus. Überströmt von Süße und Ernst sagt es mit weicher Stimme:

»Siehst du – siehst du; oh, ich wußte es, Elfriede. Nun bin ich wieder gekommen.«

Sie hält sich am Fensterbrett fest, sieht auf das Männlein, schreit auf: »Adolf!«

»Ja, Elfriede. Ich habe mich in allen Nöten für ihn bereit gehalten, ich habe so lange geharrt. So bitteres drum erduldet. Aber freut euch, die mit mir gewartet haben!«

»Bist du so gegangen, Adolf? Den ganzen Weg, sag, Adolf, bist du so gegangen? Du hast ja gar keine Jacke an und gar keine Stiefel und gar keinen Hut.«

Die Augen ihr gegenüber halten still; ein Gesicht erkaltet, eine Stimme antwortet ihr, die sich jäh zu Erz erhärtet hat:

»Du, ich sagte es schon, bist auch du von der Rotte Korah? Heb dich von mir, auf daß ich nicht unrein an dir werde.«

Das gelle unflätige Gelächter aus dem Hausflur und von der Treppe schallt ins Zimmer.

»Adolf, was ist geschehen? Wo hast du deine Sachen gelassen?«

Das Männlein sieht starr auf seine Füße, die Hände flackern auf der Brust, der Kopf fällt langsam nach vorn über.

»Die Stiefel. Die Rotte Korah. Ja, was meint das Weib damit? Was will das Weib in diesem Zimmer damit gesagt haben?«

Und dann brüllt es mit eherner Stimme, hervorquellenden Augen gegen die Tür:

»Nicht lachen, nicht lachen! Hier gibt es nichts zu lachen!«

Und glüht mit einmal auf, läuft an das Bett, versteckt den Kopf unter die Decke, stammelt: »Oh, nicht lachen … Bitte, bitte, nicht lachen. Oh, ich bitte euch, ich flehe, ich fle-he-«

Da hat sie nur das zitternde halbnackte Männlein zu halten.

MARIÄ EMPFÄNGNIS

Maria ging bleich und stilläugig durch die feuchten niedrigen Gräser.

Hing das Laub hoch und dicht, so schaute Maria nach einem breitästigen Baume aus, der allein hinter einem maschigverwachsenen Gebüsch stand, in einem Wäldchen stand, den die Männer mieden. Das Grün der Blätter verschmolz mit den seidenen Dämmerfarben der Luft; dann blühten bronzedunkle, rosenzarte, gelbgetönte oder auch schneeige Mädchenleiber unter ihm, die sich liebten. Das Laub hing dicht und fiel tief hernieder.

Wenn wilder Regen strömte, saß Maria unter den Gespielinnen am Fenster ihrer Halle, mit ihrem weißen, ins Bläuliche schattenden Gewande, einen Mandelzweig im Haar; sangen aller Lippen zum Regengotte ein Beschwörungslied. Aber sie schrie auf vor Glück, wenn sie ein Kindchen sah. Mit langsamen Schritten ging sie auf das Kindchen zu, hob es auf und hielt es, sich setzend, leicht mit den Knieen wiegend, im Schoß. Manchmal hielt sie im Wiegen inne, blickte lange auf die weißen Sonnenstäubchen und den schwerblauen Himmel, schauerte plötzlich zusammen mit den fröstelnden Schultern und wiegte weiter.

Ein treuer Freund warb um sie; aber die jungfräuliche konnte den leise Flehenden nicht erhören.

Als die Mädchen einmal in sanftem Glück unter jenem breitästigen Baum ihre Jugend mit Küssen und Umarmen genossen, sahen sie durch eine Blätterlücke am Himmel eine schwarze, unermeßlich breit und riesig greifende Wolkenhand, unentrinnbaren Willens gleichsam wie eine

Gotteshand. Sie sangen unruhig auf, sänftigten sich, flohen schließlich durch das Laub geduckt auseinander, die weißen und buntgewandigen, als ein graublaues Licht ganz hinten am Hügel äugte und immer heller und heller und häufiger von der Himmelschwärze herblickte. Zwischen schwarzen und steifen Baumreihen, die sich zu krümmen und winden begannen, flatterten die Gewande vor dem Wind. Dem Freunde, der Maria entgegengelaufen war, nachdem er lange wartend um ihr einsames Haus gestreift hatte, klammerte sich die Ängstliche, Zerzauste an und ließ seinen Arm nicht. Immer klagten und zitterten ihre blassen, verwirrten Blicke zu den weitgespannten Wolkenfingern und dem grellen Licht hin. Sie fiel ihm, als die Erde zu beben begann und eine Donnerstimme mit lohendem Purpur und Schwefelgelb aufbrüllte, totbleichen Gesichts in die Arme. In dem dichten Dunkel fuhren Hände ihr über Gesicht und Haare, sie hörte nach dem herrisch befehlenden Donnerschlage heiße Flüsterworte. Er nahm sie hin, die wie ein leichter Ast an seiner Schulter hing, mit ganz entspannten Gliedern und Zittern.

Die Gespielinnen fanden sie am Morgen nach dem Gewitter starr mit offenen Lippen auf dem Lager. Ihre schimmernden Augen suchten, als die Füße der Mädchen auf der Diele klangen, irr etwas in ihrem Zimmer und auf den Gesichtern der Freundinnen; sie wollte sprechen, aber mit einem rauhen Laut stopfte sie sich ihr Tuch in den Mund und biß hart darauf. Oder sie schrie auf und stöhnte langgezogen, regelmäßig und warf sich hin und her. Niemand wußte, was in der Nacht geschehen war, aber man riet bald, daß der Schrecken des Gewitters ihre Seele verstört hatte.

Und sie pflegten sie, bis sie still wurde, und auch den Freund, der immer wieder eindringen wollte, ließen sie nicht zu der Kranken. Als sich die Zerwühlte langsam gesammelt hatte und ruhig lag, sagte sie endlich heimlich, indem sie den Kopf noch tiefer in das Kissen drückte, wie um sich zu besinnen, mit einem unsicher fragenden Ton in der Stimme: es sei etwas über ihrem Haus bei Nacht gewesen. Und sann dann wieder angestrengt in den Kissen nach, sah auffahrend auf die Gefährtinnen und die stummen Gegenstände im Zimmer.

Nach einiger Zeit ging sie nun wie eh mit den Freundinnen durch die feuchten niedrigen Gräser. Aber wenn schon sonst ein weicher Ernst über ihr lag, so verlangsamten sich jetzt ihre Bewegungen immer mehr, fast feierlich. Ihr Gesicht klärte sich morgenlich, täuschungslos auf. Als sie dem Freier zuerst begegnete und die Freundinnen auf ihren erstaunten Blick ihr sagten, wer er sei, sah sie ihm noch lange in das flehende Gesicht und wandte sich dann ruhig von ihm ab, anscheinend im Grün der hängenden Blätter und am glatten Himmel etwas suchend.

Öfter blieb Maria jetzt vor ihrer Halle sitzen in der blauen Luft. Ihre Augen wurden gütiger, versonnener, und wenn der treue Freund neben ihr stand, so streichelte sie seine Hand, die neben ihrem Kopf herabhing, und ihre Lippen nannten ihn wie früher leise: Freund.

Sie gedieh und wandelte sich allmählich in eine reife Blüte. Als sie mit dem schwachen Kindchen auf den wiegenden Knieen wieder vor der Halle saß, sah Josef sprachlos auf sie, deren Augen von innen erleuchtet schienen.

Maria hob ihr zartes Gesicht lächelnd zum tiefblauen Himmel auf, von dem die düstere Gotteshand nach der jungfräulichen herabgegriffen hatte, öffnete leicht die Lippen gegen das Licht zum Kuß, blieb lange so.

Und so senkte sie dann den friedensstillen Kopf und die Brust halb über das unschuldige Kindchen, das von ihren duftenden Händen gehalten auf ihrem Schoße lag, auf ihrem weiten, weißen Gewande, dessen Falten mattblau schatteten: »Ich liebe dich, ich liebe dich, du Gottespfand.«

DIE VERWANDLUNG

Erna Reiss gewidmet

Die ersten Jahre der Ehe dieser beiden, der Königin und des Prinzgemahls, waren friedlos verlaufen. Als aber das Kind, der Thronerbe, in dem alten Schlosse schrie, öffneten sich die eisernen Torflügel des Seitenportals; auf den Steinen des Schloßhofes stand die schlanke, blasse Königin, sie schwang sich in den Sattel, jagte, von einer kleinen Kavalkade gefolgt, auf dem Schimmel durch die winkligen Straßen, zwischen den gebückten Häusern, über den Marktplatz, auf die gelben Wälder. Nun sprengte die wilde Königin wieder durch die verschlungenen Waldungen; auf den Nachbardörfern fanden Picknicks statt, Maskerade und Mummenschanz in Dorfsälen, bei denen stets ein reserviertes Nebenzimmer voll war von den glühenden Wangen ihrer königlichen Majestät, von dem Zittern ihres frechen Leibes wie der prustenden Laune ihres Mundes, von der verhüllten Süße ihrer abgehackten Stimme, prunkvolle Feste, bei denen ein leiser kranker Kavalier ihr Flieder reichte, das Gesicht in ihre Brust vergrub und an ihrem Hals weinte, vor Glück, Angst und Selbstverachtung. Auch der Prinzgemahl zog wieder einsam seines Wegs wie ein Mönch. Mit traurig gekräuselten Lippen sah man die dicke Gestalt durch die Säle schlendern, ihn, bald zutunlich wie ein Kätzchen, bald träge und faul, fließend von Ironien und Selbstspötteleien. Er war wortkarg; man hörte aufbrausende Worte aus seinem Munde. Abends schlich er ohne Diener in den Damenflügel, legte seinen wunden Kopf in den Schoß eines schmächtigen, schwarzen Hoffräuleins mit strahlenden Augen. Jetzt sah man nicht mehr die Röcke der Königin schief sitzen; keine Haarnadeln, die sie verloren hatte, lagen auf den Korridoren; die Treppen fühlten nicht mehr ihre müden verzagten Füße; lachend gingen diese beiden, Königin und Prinzgemahl, durch die dunklen Säle nebeneinander. Sie trug eine blaue Schleife aus Seide über dem rechten Ohr; aus dem Haar hing sie herab; ihr Geliebter hatte sie gebunden. Im Knopfloche des Prinzen steckte die Purpurnelke, daran flatterten offen zwei schwarze Frauenhaare.

Es war eines Mittags, daß nach fröhlichem Plaudern erst die Königin, dann der Prinz verstummte, daß die Königin langsam aufstand, durch die Reihe der Lakaien wortlos hindurch aus dem Speisesaal ging, daß der Prinz mit einem versunkenen Blick auf seine linke Hand sitzen blieb, die neben ihrer rechten gelegen hatte, sein Besteck zusammenschob, wortlos auf sein Zimmer ging. Die Adjutanten und Damen des Gefolges speisten rasch ab. Die Gemächer der Königin waren geschlossen; die Königin, hieß es, stände seit ihrer Rückkehr am Fenster, sei garnicht erregt; sie würde ihr Zimmer bald öffnen. Der rote Hofrat, ein massiver riesenstarker Jurist, mit strohblondem Vollbart, gütigen Augen, brummte, es werde doch einmal zu einem offenen Eklat kommen. Das gelbe Knochengesicht neben ihm mit pechschwarzen Augen und Haaren, vorgeschobener Unterlippe, ein Männlein mit einer Hakennase, der Hofarzt, zerknautschte sich zu einem hoffnungsvollen Lächeln.

An der Abendtafel saßen sie ernst beieinander. Es war ihnen nichts abzumerken; nicht bei den Gesellschaften des nächsten Tages. Sie berührten sich nicht, sie rückten mit den Stühlen voneinander ab, sie sprachen freundlich mit abgewandtem Gesicht zu ihrer Umgebung; kaum ein Wort wechselten sie miteinander. Beider Stimmen klangen höher, und es schien, als ob einer zu dem andern hinüberlauschte.

Es war ein furchtbarer Moment, als sie sich am dritten Tage auf dem Gang zu den Gemächern der Königin trafen, stehenblieben und sich die Hände gaben, eines Morgens, eines grauen Morgens. Der Prinz hielt sie an der Schulter; minutenlang sahen sie sich und sahen immer wieder zur Seite. Jedes zitterte; das taten sie sonst nur bei geschlossenen Augen. »Geh, geh,« bettelte sie, huschte den schmalen Korridor zurück.

Er saß auf seinem Zimmer. Der dicke Prinz nahm einen Schemel und setzte sich vor seinen Kostümschrank. Als er seufzte und sich reckte, stieß er einen Blumenständer mit einer ungeheuren Vase um. Das Wasser spritzte an seine Stiefel; er rückte weg, schüttelte gedankenlos den Kopf, setzte sich dicht an den geöffneten Schrank, wühlte in den Sachen.

»Geh, geh«; das klang wie »komm, komm«. Eine blonde Perücke hielt er in den Händen und drehte sie. Sie ist gut, dachte er, recht gut; eine gute Perücke. Sie störte ihn gar nicht, das wunderte ihn, machte ihn eigentümlich ruhig. Er setzte sie sich auf. Er ließ sein Gefühl ganz strömen in die Kopfhaut, an die Perücke, um sie wohlig auszukosten. Was noch? Mokka trinken. Kein Mokka, nichts trinken, nichts. Er lief auf den Zehenspitzen zur Tür, schloß auf, versperrte den ganzen Korridor, stellte die Klingel ab, hielt den Pendel der hohen Wanduhr an. Sah sich dann wieder in seinem Zimmer um, summte durch die Zähne. Er saß tiefsinnig auf dem Taburett. Stück um Stück der Gewänder zog er zu sich heran, tastete sie ab. Ein Wams gefiel ihm, das legte er sich über das Gesicht; es roch nach Flieder. Er legte es sich an, band sich einen dünnen Kavalierdegen um, strich vor dem Spiegel an seinen Kleidern herunter. »Komm, komm«. Er schauerte zusammen, schloß leise die

Tür auf und schlich, immer durch die Zähne summend, den Korridor entlang. In der Mitte blieb er plötzlich stehen, lief auf sein Zimmer zurück, suchte am Boden einen Büschel roter Purpurnelken aus den Scherben auf, legte ihn behutsam über den linken Arm. Er ging über die Schwelle; als sich eine Klinke am Ende des Ganges rührte. Die Tür schloß leise auf; ein helles Tageslicht fiel schräg aus dem Gemach der Königin auf den engen Gang; leichte rauschende Schritte näherten sich, das schmale, herrische Gesicht der Königin. Sie trug eine schwarze Perücke, deren störrische Locken ihr über die totblassen Wangen fielen; eng lag ihr höfisches schwarzes Seidenkleid an. Sie gingen Arm in Arm, sie gingen spazieren durch die leeren Gemächer, sie gingen stumm die spiegelglatten Empfangssäle, die Speisesäle; sie gingen durch die dunklen Bildersäle. Wie frei er sie führte, wie gut ihre Schritte Takt hielten. Sie hatte das Gesicht von ihm abgewandt, die wilde Königin. Nur als sich ihre Arme an der Türe der Königin lösten, wurden ihre Wangen glühend, ihr Atem flog. Er legte behutsam auf ihre Schwelle den Nelkenbusch nieder; die wilde Königin nahm seine warme Hand, führte ihn über die roten Blumen hinweg in ihr Zimmer; vor einem Haufen von Briefen, Blättern und Bändern standen sie mit gesenkten Köpfen, hielten sie sich an den Schultern, berührten sich ihre Stirnen.

Die Tür schloß sich hinter ihm; er saß auf dem Taburett vor seinem Spiegel, strich an seinen Kleidern herunter. Er wollte sie ablegen; es widerstrebte ihm irgend etwas; die Ärmel schienen festzukleben. Er erschrak vor seinem kurzgeschorenen blonden Haar; als er seine eigene Uniform angelegt hatte, fuhr er liebkosend über die fremden Gewande, die er auf dem Teppich ausgebreitet hatte. Heimlich stieß er von hinten mit dem Hacken in den Spiegel, schlug Nägel in das bloße Holz, hing das fremde Kostüm offen auf.

Sie saßen bei der Mittagstafel beisammen; jetzt lenkten sie ihre Blicke zusammen. Er fuhr manchmal mit der Hand über sein Gesicht, seinen Kopf, riß an seinem hohen Uniformkragen, suchte die Arme unter den Tisch zu verstecken; kam sich maskiert vor. Die herrische Königin spöttelte mit ihm; mit einmal legte sie ihr Besteck hin; die Tränen stürzten ihr aus den Augen; sie knirschte mit den Zähnen. Man lief ihr nach, als sie sich jede Frage verbat. Sie lag nach einer Stunde ruhig lesend im Bett und bemerkte nur, daß sie das Geschrei ihres Kindes störe; man solle das Kind in einem andern Teil des Schlosses unterbringen. Sie würde morgen den Hofarzt fragen, ob nicht vielleicht der Meeresaufenthalt für das schwächliche Kind besser sei als die Schloßluft. Die alte Hofdame, die auf einem Stuhle bekümmert neben ihr saß, wollte erschreckt etwas erwidern, aber die Königin wiederholte, sehr bestimmt sie anblickend, ihre Frage, ob sie nicht auch die Meeresluft für das Kind besser halte als das Gebirge. Worauf die alte Dame auf ihrem Stuhle rückte, an ihrer langen Goldkette nestelte und mit beherrschter Stimme beipflichtete.

Entsetzt aber stand sie am Abend auf, – es mochte bald zehn Uhr sein, – als die junge Königin, die sich an den Flügel gesetzt hatte, sich nach einigen klimpernden Tönen von ihrem Sessel erhob und sagte, man möchte den Grafen Hagen, den Dichter, auf der Stelle zu ihr befehlen. Sofort und ohne Verzug wolle sie ihn auf ihrem Zimmer empfangen, und zwar allein, ohne Zeugen. Die junge Majestät schrie, indem sie krachend den Flügeldeckel herunterwarf, sie werde die alte Hofdame ohrfeigen, wenn sie überhaupt noch einmal den ledernen Mund aufzumachen wage, und sie auf den Gänsehof jagen, auf den sie gehöre. Sie werde allein den Kavalier empfangen, auf ihrem dunklen Zimmer, nachdem sie sich zu Bett gelegt habe, und sie könne den Ministerrat und alle Gichtiker des Landes davon benachrichtigen, sofort, telephonisch, heute, morgen, übermorgen, wann sie wolle. Sie blieben schweigend in dem hellerleuchteten Musikzimmer sitzen; die Königin hob den schwarzen Flügeldeckel auf, spielte eine hastige Mazurka, die alte Hofdame hielt sich das Spitzentuch vor die Augen. Um halb zwölf Uhr meldete man den Grafen Hagen. Die Königin hatte ihn schon einmal in diesem Zimmer empfangen, zwei Tage vor ihrer Hochzeit war es, in einer späten Nacht. Der bleiche Kavalier war gebeugt in das finstere Zimmer getreten, in dem nur eine matte Flügelkerze brannte; die Königin lag versunken in ihrem weichen Lehnstuhl. Auf dem Teppich standen viele Hochzeitsgeschenke herum, Vasen, Bilder, Truhen. Er sah nichts als die Königin; kein Wort schenkte er ihr, die seinen heißen Kopf im Schoß hielt, als: »Mich ekelt's vor dir, mich ekelt's vor dir.« Dabei schauerte er immer und konnte den Blick nicht von ihren tiefliegenden Augen reißen. Auch sie schaute auf nichts als auf den Dichter; und was sie ihm sagte, unter Küssen auf Hände, Finger, Mund, Wange, Haar, unter Liebkosen und Wiegen, war eines: »Lebewohl«. Jetzt schlug der Graf die Portiere zurück; die erschrockene alte Dame wollte, als er sich tief verneigte, mit einem verzweifelten Händeringen ins Nebenzimmer gehen; die Königin aber fixierte sie starr, sagte nach einer Weile: dies sei nicht nötig. Sie ließ den blonden Kavalier unter dem blitzenden Kronleuchter stehen, fragte ihn nach den Ergebnissen der letzten Jagd, die sie zusammen gemacht hatten, ob er sich schon wegen seines Avancements im Regiment umgesehen hätte. Dann erhob sie sich, dankte für seinen Besuch, wünschte ihm gute Nacht. Fragte die alte Dame lachend, die Hände in die Hüften gestemmt, wie lange sie hier noch sitzen wolle, wann sie denn die Depeschen abzuschicken gedenke. Die schüttelte den Kopf.

In dem alten Schloß blieb es stille, bis zu dem Morgen, an dem der Graf trotz des Verbots der Königin in ihr Zimmer drang; er weinte vor ihr am Boden liegend, sie schlug ihn mit der Gerte ins Gesicht. Mit Aufglühen und Erbleichen, knirschenden Zähnen und Zittern hörte sie ihn an in ihrem Lehnstuhle, als er sie bei aller verflossenen Süße und Zärtlichkeit beschwor; er taumelte mit einer blutigen Strieme im Gesicht aus dem Zimmer; reiste am Mittag ab. Schon über eine Woche sah man den Grafen nicht; da meldete der Hofmarschall der Königin sein Verschwinden; sie lachte höhnisch; die Dienstboten müßte man doch öfter wechseln. Ob er noch lebe; als der Marschall bejahte, brach sie in ein ganz wildes Gelächter aus: »Sie sehen, Marschall, wie richtig Schiller singt: Oh Königin, das Leben ist doch schön.«

Das schmächtige schwarze Hoffräulein verließ ihr Zimmer nicht mehr. Der gelbe Hofarzt behandelte sie wegen einer plötzlichen Geistesverwirrtheit und ließ sie bewachen. Sie hatte einen Brand auf ihrem Zimmer verursacht, als sie in einer Nacht ihre gesamten schwarzen Kleider mitten auf dem Boden aufhäufte und mit Briefen anzündete. Der Qualm war bis in die Gemächer der Königin gedrungen. Nach einigen Wochen wurde sie klarer, war zum Skelett abgemagert, trug der Königin einen Wunsch auf Heimatsurlaub vor. Zwei Tage später fand man sie ertränkt in dem Teiche ihres väterlichen Gutes.

Aber die wilde Königin und der dicke Prinz gingen stundenlang in dem weiten Park hinter dem Schloß spazieren; der Diener, der ihnen folgte, berichtete nur, daß sie selten miteinander Worte wechselten. Sie nahm jeden Ruf und jede Hoffnung von seinen müden Augen, seinen Mienen ab, sie prägte sich selbst ihm ein mit unverwandten Blicken, senkte ihn vor sich hin zu demütiger Zärtlichkeit. Kein Gebüsch war so still, daß die Wandelnden das Rauschen nicht störte, wenn sie zueinander hinüberlauschten. Als sie eines Abends vom Garten hinauf in das Musikzimmer gingen, schleppte ein langes Geraune über die Korridore vor ihnen her. Wie in Decken gehüllt glitten sie über die Gänge. Vor einem kleinen Kreis drin öffneten sich die Flügeltüren, und herein traten über das spiegelnde Parkett Königin und Prinzgemahl, ohne Masken, wie Gespenster, ähnelnd den entschwundenen beiden, Grafen und Komteß. Aus den Augen der strengen Königin leuchtete die schwarze Wildheit der Toten, über der schwermütigen Ruhe des Prinzen lag ein gebeugtes Leiden. Der glattrasierte Hofprediger seufzte: die beiden trügen offenbar schwer an ihrer Vergangenheit; spitz formte der mongolische Mischling, der Hofarzt, den Mund, legte das Kinn auf das weiße Vorhemd, indem er die beiden fixierte; ihn chokiere weniger die merkwürdige Art, wie das Vergangene an ihnen arbeite, als wie sie die Gegenwart, die augenblickliche Gegenwart vergäßen. Dies chokiere ihn ernstlich des Lebens dieser beiden willen.

Die beiden hatten unablässig nebeneinander zu sitzen, unablässig miteinander zu flüstern. Die Königin zog sich von den notwendigen Regierungsgeschäften zurück; sie übertrug wichtige Funktionen den alten Männern ihres Staatsrates; sie sagte die öffentlichen Empfänge ab, sie erschien nicht bei den Hoftafeln. Eines Morgens stürzte sie in schneeigem Kleid den engen Gang zu seinem Zimmer hin; die schwarze Glut in ihren Augen war verblichen, sie riß mit fahrigen Händen die Türen seines Kostümschrankes auf, wühlte, wühlte am Boden liegend, während er sie tröstete, in den Sachen. Mörderische Griffe ihrer Finger zerfetzten die blonde Perücke, zerknäulten, zerlumpten das fliederduftige Wams. Auf ihrem linken Oberarm hatte sie eine alte tiefe Bißwunde. Sie stand auf, nahm einen blanken Perserdolch von seinem Tisch, schnitt die Narbe aus ihrem Fleisch heraus, stieß das Leinen zurück, mit dem er das spritzende Blut stillen wollte. Sie warf sich in Krämpfen auf den Boden hin, schlug mit den Fäusten gegen ihren Mund, gegen ihre Brust, bettelte: »Du mußt hingehen, du mußt das Kind umbringen. Es ist nicht meines, es ist eine lebendige Lüge. Wenn du es gut mit mir meinst, mußt du das Kind umbringen. Ich kann es nicht.« Dann fuhren sie verzweifelt auf, suchten in den Mienen, tasteten die Gesichter ab. Sein Kopf hing über ihre Schulter, sie weinte ein trostloses: »Du, du.«

In langen Tagen flossen ihre Tränen ab. Als sie wieder den weiten Park hinter dem Schloß gingen, war unvermerkt der bunte Herbst gekommen. Über die Gesichter dieser beiden, der wilden Königin und des schwermütigen Prinzen, hatte sich ein dichter Schleier gelegt. Eine tiefe unnahbare Ruhe schritt wie ein gepanzerter Wächter um sie herum. Sie zogen auf die Jagd, sie schossen die klagenden Rebhühner auf den struppigen Feldern; in Lachen und Glut ritten sie nebeneinander zurück. Aber wer sie im Dunkeln heimreiten sah, erkannte, daß die gleiche Verschlossenheit über ihren Gesichtern hing, wie das glitzernde, spinnwebdünne Gewand, das über die Meerfrauen fließt und mit Anbruch der Nacht phosphoresziert. Zum Erstaunen des Hofes trennten sich die beiden eines Tages. Der Prinzgemahl verschwand, ohne daß jemand wußte wohin. Als er nach drei Tagen zurückkehrte, erklärte er gelassen, daß er eine geheime Sendung der Königin ausgeführt hatte; in den internen Kreisen war man über die Maßen bestürzt und beunruhigt. Ein Gerede erhob sich im Lande.

Bis eines Tages beide völlig des Landes verschwunden waren. Indessen in der Hauptstadt das Militär in den Kasernen blieb, die Polizei fieberhaft arbeitete, der Ministerrat zusammentrat, stieß von der Küste ein Dampfer ab, der seit einer Woche dort geankert hatte. Nur eine kleine Mannschaft grüßte ehrfurchtsvoll die fremde Königin und den Prinzen, die in weiße Mäntel gehüllt, sich auf dem Deck ergingen. Das Schiff fuhr über den Ozean fünf Tage; dann ankerte es vor einer kleinen Insel; ein Boot setzte die fremde Königin und den Prinzen an Land.

Es war eine Insel, an dessen Strand nur arme Fischer wohnten; meilenweit entfernt an der anderen Küste lag ein kleines Dorf. Was sich damals zwischen der jungen Königin und dem schwermütigen Prinzen begab, bei den Fischersleuten auf der kleinen Insel im blauen Ozean, ist schwer mit Worten zu erzählen; daß sie am Fuß der weißen Kalkfelsen saßen, oder weiter zurück unter den hohen Palmbäumen, daß sie sich kaum minutenlang aus den Augen verloren; daß die Königin, blasser und blasser, nur selten schluchzend den Kopf auf ihre Brust fallen ließ, und der Prinz die Hand vor seine Stirn hielt. Die Blicke der Frau wanderten hin und her zwischen dem Meer und seinem Angesicht; wenn er das blaue Wasser nicht sah, wußte er nicht, ob er in ihre Augen oder in sich schaute. So fest sie sich umschlangen, so tief sie sich küßten, die Schwermut der beiden, ihre Angst zueinander, kannte kein Ende.

Die Abendröte lohte über dem glatten Meer. Sie saßen tagelang in ihren weißen Mänteln unter den Felsen. Nur die Hände streichelten sie sich manchmal. Ihre Blicke hingen an dem glitzernden grenzenlosen Wasser. Ihre stillen Gesichter hellten sich auf. Eine unermeßliche Ruhe atmete das Meer, die dehnte sich über die Ufer, nahm den Strand, die Kiesel, Muscheln, Felsen in sich hinein, rührte an die Stirne der beiden.

Bis morgens die gelbe Sonne über den kleinen Strand schien. Da raschelten die Kiesel, klangen die feinen Steinchen. Über den Sand schleppte der Purpurmantel der wilden Königin. Die ging einsam, in voller Pracht, langsam nach dem blauen Meere zu. Auf dem blonden Haar trug sie die goldene Krone. Von den strengen Schultern fiel der Purpurmantel mit breitem Brokat. Ihr schmales Gesicht war glatt und süß. So ging die junge Königin allein über den dünnen Sand in der flimmernden Luft nach dem blauen Meere zu. Zwei graue Seemöven watschelten im Sand hinter ihr; sie folgten der Königin auf Schritt und Tritt.

Von einer weißen Klippe stieg der schwermütige Prinz herab, mit bloßem Haupt, in einem blauen Samtmantel; seine schwarzen Kniehosen waren aus blankem Atlas, silberweiß waren die Schnallen seiner Schuhe. Er trug einen runden hohen Stab in der rechten Hand.

Kaum eine Welle warf der blitzende Ozean, als von der Insel heranschritten die blasse junge Königin und der stille Prinz. Die Wellen schaukelten; mit flachem Handteller strich der Wind über das glückliche Meer. Dicht schossen die Möven über die kühl hauchende Fläche.

Oben auf dem flinkernden Wasser schwammen nebeneinander ein runder Stab und eine goldene Königskrone.

DIE HELFERIN

In New York erregte um die Mitte des vorigen Jahrhunderts der Prozeß des Fabrikanten Grasso ungeheures Aufsehen. Man sprach monatelang von der rätselhaften Angelegenheit und ihren furchtbaren Begleitumständen. Der Krieg mit den Südstaaten brach aus, ehe man sich beruhigt hatte. Als nach einundhalb Jahren der Friede geschlossen wurde, war die Erinnerung an den Vorgang ausgelöscht; und jetzt lassen sich die Einzelheiten nur noch stückweise zusammenfinden. Sie sind überwuchert von mythischen Bildungen; sie lassen staunen, wie Unglaubliches dem Menschen begegnen kann, mit wie lächelnder Lippe er daran vorübergeht und alles weiterzieht wie früher.

Gegen Ende der fünfziger Jahre florierte an der Peripherie der Stadt – jetzt gehört die Gegend völlig zur City – ein Beerdigungsinstitut. Der Besitzer Grasso war mit seiner Frau vor fünf Jahren aus Italien eingewandert. Er hatte sich vergeblich als Hotelier versucht, war dann Schreiner geworden und hatte dabei soviel erworben, daß er ein älteres Sargmagazin übernehmen konnte. Es gab damals kaum 200000 Menschen in der Stadt. In nicht langer Zeit hatte der Italiener es fertiggebracht, daß das Beerdigungswesen völlig in seine Hände überging, daß nur noch einzelne, mehr behördliche Aufträge an andere Firmen gelangten, von Krankenhäusern, Militärlazaretten. Die Konkurrenzgeschäfte gingen rapid zurück. Nicht die kapitalkräftigsten, die sich verzweifelt wehrten, konnten sich neben Grasso behaupten, dem, ohne daß er Lärm machte, alles mühelos zufiel.

Erst später, bei der Untersuchung des Falles, stellte sich heraus, daß Grasso ganz unbeteiligt an diesem Aufschwung seines Geschäftes war. Die Blütezeit des Hauses fiel nämlich ziemlich genau zusammen mit dem Eintritt eines jungen Angestellten namens Mike Bondi. Dessen Herkunft war völlig unbekannt; nur bemerkte man, daß er sich italienisch mit seinem Herrn unterhielt. Man sagte, er sei schon bei seiner Anstellung etwa zwanzig Jahre alt gewesen. Aber jeder überzeugte sich, daß er in den fünfzehn Jahren seiner Tätigkeit um keine Spur älter geworden war. Und Photographien, die man später bei ihm fand, die ihn Arm in Arm mit Herrn Grasso zeigten, bewiesen überraschend, daß dieser Mensch anscheinend unbeweglich in der Zeit stand. Keine Linie seines knabenhaft zarten Gesichtes hatte sich vertieft, seine tiefschwarzen Haarsträhnen fielen noch immer in eine niedrige, weiße Stirn. Ja, auch seinen Kleidern – es ist etwas lächerlich, dies zu berichten – schien die Zeit nichts anzuhaben; denn niemand hatte gesehen, daß er sich neue kaufte; er trug immer einen schwarzen Anzug, eine lockere, blusenähnliche Jacke mit blanken Knöpfen, von einem altertümlichen Schnitt, wie man sie vor Jahrzehnten vielleicht getragen hatte. Es wußte bei den Prozeßvernehmungen auch niemand, wo der Mensch sich nachts aufhielt; manchmal soll er in dem Geschäft übernachtet haben, meist aber fuhr er abends auf einem Wägelchen, das ihm gehörte, nach St. Floridan zu, auf der alten Landstraße, und verschwand dann für viele Stunden völlig. Aber all dies ist unsicher und gehört in das Gebiet jener Sagenbildung, von der ich vorhin sprach. Mike war von kleiner Gestalt; er ging stets in einem weichen Filzhut, mit einem dünnen Stöckchen. Sein Gang war weich und schleichend. Über seine Augen läßt sich nichts sagen; denn die hatte niemand gesehen. Immer hielt er die Lider gesenkt; und wenn einer mit ihm sprach, so drehten sich die Augäpfel hinter der zarten Lidhaut. Nicht selten zogen sich seine sehr schmalen Lippen zu einem schönen, demütigen Lächeln zusammen. Die Sanftheit und Musik seiner Stimme war unsäglich; sie erklärt vielleicht zum Teil den außerordentlichen Einfluß Mikes. Denn, was er sagte, war einfach und ganz sachlich; er redete sehr wenig und neben seinen geschäftlichen Dingen nur von Bäumen, Wurzeln, Feldern und Tieren, für die sich die Städter sonst sehr wenig interessieren. Ihn begleitete das Glück. Es bildete sich heraus, daß täglich Mike Bondi durch die Straßen New Yorks wanderte, gefolgt von einem hohen russischen Windspiel, einem weißen, ungeheuren Tier, das auf seinen Beinen so lautlos wie er schritt, und das mit leeren Augen um sich blickte. Mike Bondi ging in die Wohnungen der Kranken hinauf und sprach mit ihnen. Niemand wehrte ihm; die Kranken ließen ihn zu sich rufen, eher noch als einen Priester oder Arzt, und waren ihm dankbar für die Minuten, die er mit kargen Worten ausgefüllt hatte. Sie wurden ruhiger und schmerzfreier, die er verließ, aber sie starben alle, wie sich bei den Erhebungen des Prozesses ergab, starben nach nicht einer Woche in großem Frieden, ohne daß ihnen einer helfen konnte. Die ihn einmal gesehen hatten, faßten ein kaum erklärliches Zutrauen zu ihm, und ließen ihn, wenn sie schwer erkrankten, wie in einer unentrinnbaren Sucht zu sich kommen. Er trat nicht an sie heran, er gab ihnen nichts, er berührte sie nicht. Dies stellte sich alles bei den Erhebungen des Prozesses heraus.

Mike Bondi war nicht befreundet mit der Frau seines Herrn. Frau Grasso liebte feurige Männer; aber eifersüchtig, wie untreue Weiber sind, freute sie sich, daß ihr Mann, Mädchen abhold, sich an Bondi anschloß. Wenn sie spät abends nach Hause kam, noch hochatmend von einer zarten Begegnung, warf sie sich ihrem Mann an den Hals, der Arm in Arm mit dem stillen Sonderling auf dunkeln Straßen spazierte.

Am Ausgang des Frühlings starb plötzlich die junge Frau eines Rechtskonsulenten Martin in ihrer Wohnung neben Grassos Magazin. Der Witwer, dem sie zwei kleine Kinder hinterließ, konnte sich nicht trennen von dem toten Weibe; und in der angstvollen Nacht nach ihrem Abscheiden kam ihm die Idee, die Leiche von dem Sterbelager zu entfernen, sie so schön, so kostbar auf einem Sarkophage aufzubahren, wie seine Hände es vermochten. Er wurde unter dieser Vorstellung lebendig, stieg noch gegen 11 Uhr von seinem Lager, kleidete sich an und ging zu Grasso herunter, mit dem er alte Freundschaft hielt. Die Türen des Magazins waren geschlossen; durch die Ritzen der Jalousien zitterte ein trübrotes Licht, lag in feinen Linien auf dem Straßenpflaster. Herr Martin öffnete den breiten Torweg, stolperte über den stockfinsteren Hof, kam durch eine angelehnte Seitentür auf den langen Korridor, der unmittelbar in das Magazin führte. Der Vorhang zum Magazin rauschte leise. Mit Mühe fanden sich seine Augen zurecht. An den Wänden, in den Gängen, unter niedrigen Wölbungen lagerten die Särge. Sie standen geöffnet. Sie standen da, nicht erwartungsvoll, nicht mit Gier, – mit geheimnisvoller Leere, versunken in sich, und nur einige seufzend und schmachtend. Und in dem trübroten Flackern einer Lampe sah Herr Martin eine Bewegung in der Nische hinten, hörte flüstern. Herr Grasso kniete dort vor einem Sarge; aus dem hoben sich zwei weiße Arme; Spitzenärmel fielen von ihnen zurück. Herr Grasso beugte seinen Kopf tiefer, drückte sein Gesicht in die niedrigen Brüste eines Weibes. Er murmelte: »Bessie« und vieles, was sehr leise war; sie antwortete: »Ernesto«, lachte und weinte durcheinander; sie hatte eine sehr süße Stimme.

Herrn Martin schlug das Herz bis in den Hals hinauf; er

ging aufs tiefste erschrocken rückwärts hinaus, vergaß seine Bestellung. Er lag, ehe er es wußte, in seinem Bett, kleidete sich mit dem Morgengrauen an und lief zu Frau Grasso, die in ihrer Küche stand mit losen Röcken und sich, verblüfft über den frühen Besuch, ein Tuch umlegte.

Sie war erst ungläubig und beobachtete ihren Nachbarn, da sie glaubte, er sei verwirrt über den Tod seiner jungen Frau. Aber dann hielt sie inne mit dem Scheuern, stieß die Kaffeemühle auf den steinernen Boden herab, biß sich tief in den linken Vorderarm und wühlte in einer Schublade nach einem spitzen Küchenmesser, das sie einmal um das andere in die Holzwand der Küche stieß. Sie schrie, wem denn das gemeine Frauensbild ähnlich sähe, ob er denn so wenig teilnahmsvoll wäre, daß er nicht einmal eine Vermutung darüber aussprechen könnte. Nach lautem, hemmungslosen Weinen erhob sie sich resolut, erklärte, sie werde heute nacht alles selbst feststellen. Und mit einer Sicherheit, die Herrn Martin in Staunen versetzte, riß sie die Wohnungstür auf, rief ihren Mann herein und sagte ihm, indem sie zum Fenster hinaussah und das dichte schwarze Haar flocht, Herr Martin habe ihr mitgeteilt, daß ihre Mutter in Starton, einem Vororte, erkrankt sei; sie müsse gleich auf zwei bis drei Tage hin. Dann setzten sich die drei schweigend im Wohnzimmer am Kaffeetisch nieder, wo Frau Grasso öfter stark zitterte und einmal die Tasse auf den Boden fallen ließ. Herr Grasso meinte, dies bedeute Glück für ihre Mutter.

Abends gegen zehn Uhr schlüpfte sie, nachdem sie tagsüber in der Wohnung des Herrn Martin dessen kleine Kinder gehegt hatte, über die dunkle Straße in den Hof. Sie sah durch das offene Fenster Herrn Grasso allein im erleuchteten Wohnzimmer auf dem Sofa sitzen; mit traurigem Gesicht, zusammengesunken, blickte er vor sich hin. Der schwerfällige Mann bewegte seine Lippen; sein faltiges

Gesicht war sehr schlaff; als er nach dem Fenster blickte, schwammen seine entzündeten Augen in Tränen.

In einem schmalen Sarge, dicht an der Tür, lag sie. Ihre Zähne klapperten; ihre Hände flogen, daß sie kaum das Küchenmesser festhalten konnte. Kurz vor 11 Uhr kam ein Schritt über den Korridor, weich und schleichend; leicht rauschte der Vorhang. Ein kleines Licht flackerte und sie erkannte mit einem Blick Mike Bondi. Sie hatte ihn tausendmal gesehen, sie kannte seine leicht gebeugte Haltung, die glatten Haare in der weißen, niedrigen Stirn, die gesenkten Lider. Aber jetzt erfüllte sie sein lautloser Gang mit Entsetzen. Es war ihr, als würde sie matt. Dies war nicht der Gang eines Menschen. Sie mußte sich strecken, den vollen Arm auf den Mund pressen, um nicht zu kreischen.

Er drückte das Licht mit einem Finger aus, als er an ihr vorüberging. Sie schloß die Augen, und wie sie die Lider hob, sah sie Mike Bondi nicht mehr. Aber dort, wohin er gegangen war, stand in der Finsternis ein weißer Schein, ging lautlos ein gebücktes Skelett langsam weiter, schlurfte der leibhaftige Tod. Sie sah noch den Schein über einem Sarg, in den er sich geschwungen hatte. Da hallte der schwere Schritt des Herrn Grasso durch das Gewölbe; er ging an der Frau vorüber, die mit einer Ohnmacht rang, zündete die Öllampe an. Frau Grasso richtete sich, das Messer zwischen den Zähnen, auf; sie stieg hinter dem riesenhaften Mann her, hielt sich bei jedem Schritt an Pfeiler und Mauer fest.

Vor dem Sarge, in den sich das Gespenst geschwungen hatte, warf sich der breite Mann nieder; zwei weiße Arme hoben sich gegen ihn her; sie sah zurückprallend die offene Jacke und die niedrigen, mädchenhaften Brüste, in die sich ein faltiges, nasses Gesicht vergrub. Sie sah das stille Mädchengesicht Mike Bondis sich aufrichten, sah, an die Tür zurückweichend, wie Mike den Gebrochenen an sich zog unter zarten Abschiedsworten, wie sie sich umschlangen. Sie hatte noch die Kraft, sich in die Küche zu schleppen. Zwei Stunden lag sie besinnungslos. Den Rest der Nacht verblieb sie auf der Polizeiwache, wo man die Frau für krank hielt. Erst am nächsten Morgen, als Herr Rechtskonsulent Martin geholt wurde, gingen zwei Beamte mit ihr in die Wohnung und verhafteten den Besitzer und Bondi, die sich nicht widersetzten.

Herr Grasso schwieg sich bei den jetzt folgenden Verhandlungen völlig aus. Bondis körperliche Untersuchung ergab, daß man es mit einem zwanzigjährigen Mädchen zu tun habe. Man vermochte nicht festzustellen, wer sie eigentlich sei. Erst bei dem Lokaltermin, der nach drei Wochen in dem Gewölbe Grassos stattfand, redete sie. Sie äußerte von vornherein, man würde ihr kein Wort glauben, erzählte, daß sie Bessie Bennet hieße und aus Senn Fair bei New York gebürtig sei. Sie habe vor achtzig Jahren dort gelebt; in ihrem zwanzigsten Jahre sei sie von der Schwindsucht befallen gewesen und habe im Hospital gelegen. Sie wäre unsäglich ungern vom Leben geschieden. Sie habe mit dem Tode gerungen, wie wenige Menschen, habe es nicht glauben wollen, daß sie sterben müsse, weil eine Lunge krank sei und sie selbst sei noch zum Springen gefüllt mit Lebensbegier. Die unbekannte Macht, deren Namen sie nicht nennen könne, stand da von ihrem Sessel auf und machte sie zu einer Dienerin des Todes. Sie durfte wiederkehren, nicht aber zum Tanz. Sie durfte im Namen der gütigen Macht töten, was gehen wollte; die törichte Angst vor dem Sterben nehmen, sänftigen und rasch beenden. Sie sei als Helferin unter die Menschen geschickt und bringe den liebreichen Tod. Sie hätte Herrn Grasso liebgewonnen, und es wäre gut, daß sie jetzt schieden, denn sie müßte sonst bald für immer seinetwegen sterben.

Es bestätigte sich, daß eine Bessie Bennet vor etwa hundert Jahren in Senn Fair lebte, daß sie im dortigen Hospital in ihrem zwanzigsten Jahre starb; ihre Leiche verschwand aber in auffälliger Weise auf dem Wege zur Autopsie; zwei Krankenschwestern wurden wegen Dienstversäumnis trotz ihrer Beteuerungen entlassen; alle Nachforschungen blieben erfolglos.

Als die Richter bei dem zweiten Lokaltermin die Feststellungen erwogen, erhoben sie gegen Bessie Bennet, genannt Mike Bondi, die Anklage wegen Giftmordes in zahllosen Fällen. Sie forderten sie auf, unverzüglich das Pulver zu zeigen, dessen sie sich bedient habe, widrigenfalls man sie auf das Spannbrett legen wolle, das man angesichts der Scheußlichkeit ihrer Verbrechen werde hervorsuchen lassen. Auch befahl man ihr, endlich das betuliche Wesen abzulegen und den Richtern frei ins Gesicht zu sehen. Bessie, in dem schwarzen Anzug, den sie sonst trug, lächelte, aber ihre niedrige Stirn wurde rot; sie bat, man möchte ihr die Handfesseln abnehmen und sie gehen lassen. Die Richter, in Wut über den Hohn, schickten nach den beiden Schergen, um sie zu peitschen. Auch der vielen Zuhörer bei der Vernehmung hatte sich in Kürze eine unbezähmbare Erbitterung gegen die teuflische Giftmischerin bemächtigt; sie schickten sich an, von ihren Plätzen aufzustehen, gegen die Schamlose vorzudrängen; die Richter verloren die Zügel über die Menge. Bessie trat noch einmal vor die Richter, sagte leise, ihre gebundenen Hände zeigend, sie habe keine Zeit; man möchte ihr doch die Stricke abnehmen und sie herauslassen.

Ein wüster Bursche schlug ihr von hinten auf die Schulter; der Pöbel tobte über die Beute weg. In diesem Augenblick legte sich über alle Brüste eine plötzliche Beklemmung. Einer schlug keuchend das Fenster ein, die frische Luft half ihm nicht. Ein Richter stürzte mit blauen

Lippen nach der Tür auf die Straße und fiel hin. Die zehn Richter saßen wie schlafend auf ihren Stühlen. Die alte Stille herrschte für einen Augenblick in dem Gewölbe, unterbrochen von dem widerhallenden Aufschlagen von Körpern. Die Hörer stürzten nach vorn über die Bänke weg. Die Schwarzhaarige ließ die großen geöffneten Augen schweifen. Sie pfiff zornig und scharf durch die Zähne. Ein Mann taumelte von draußen in den Raum, packte ihren Arm. Sie berührte sein Haar, blies gegen seine Füße; das Feuer loderte an ihm auf; unter heiserem Geschrei stolperte er zurück, krachte zu Boden.

Die Schwarzhaarige hatte sich selbst zusammengebogen. Sie brannte, sich aufrichtend, ihre Schläfen berührend, mitten im weiten Gewölbe stehend, gegen die Decke in schwarzer Flamme auf, stieg in einer qualmenden Feuersäule über das Haus.

Der schwere Dampf erstickte die Menschen in allen Straßen der Nähe. Gerade zwei Stunden währte die unerhört entsetzliche Brunst; etwa sechshundert Menschen, Kinder und Frauen, verbrannten.

Dann lag der ganze Stadtteil in Schutt. Tagelang näherte sich niemand den giftigen Dämpfen. Richter und Beschuldigte waren zugleich verschwunden. Den liebreichen Tod sah man von Stund an nicht mehr durch die Straßen gehen, gefolgt von seinem weißen, riesigen Windhund, der lautlos wie er schritt, mit leeren Augen um sich blickte. Sondern Kranke sollen in ihren Delirien angegeben haben, daß das fessellos weiße Tier sich auf ihre Brust schwang, mit seinen leeren Augen sie ängstigte, mit seinen langen Fängen ihre Kehle eindrückte.

Die Fabel von dem liebreichen Tod, von der Vertreibung seiner Gehilfin blieb in dem Lande lebendig.

DIE FALSCHE TÜR

Um vier Uhr morgens stellte der Wachtposten sein Gewehr gegen die hohe Mauer des Kasernenhofes, zog die Löschkette der letzten Gaslaterne herab, murmelte, den Fez ins Gesicht gedrückt, die Stirne nach Mekka gewandt, das kurze Morgengebet. Durch die grauen Alleen trabten die Gemüsewagen, die Eselsgespanne mit Milch nach der schlafenden Stadt. Die niedrigen Fenster des Offizierkasinos warfen noch immer einen breiten Lichtschein über die Straße weg bis an die Baumreihe der anderen Seite. In den langgestreckten Speisesaal und die Spielzimmer drang kein Zug des eben anhebenden scharfen Morgenwindes, im dicken Qualm bewegten sich die erhitzten Herren; sie lagen in lockeren Uniformjacken in Klubsesseln. Sie drängten sich zu dreien und vieren um einen grünen runden Tisch, schleuderten mit wilden Blicken ihre Karten schräg über den Tisch, um nach einigen Minuten atemloser Stille in ein lautes Geschrei auszubrechen, sich bei den Schultern zu fassen, im Zimmer herumzutanzen. Am Kopfende des völlig verwüsteten Speisetisches saßen hinter ihren Ehrenpokalen noch immer die beiden Brüder Kyrias, denen der Abend gegolten hatte, saßen in einem trinkfesten Kreise und schwelgten in Erinnerungen aus einer Mittelmeerfahrt. Der jüngere Kyrias, Nick geheißen, schwarzäugig wie sein Bruder, aber feurig, vollwangig, mit kurzgeschorenem starren Haar, einem kleinen Schnurbärtchen über den wulstigen roten Lippen, sprudelte über und schwatzte unaufhörlich Dinge, denen keiner zuhörte, mit seiner hohen weichen Stimme. Ab und zu ließ sich der ältere Kyrias, ein vollbärtiger Hypochonder, von ihm fortreißen, erzählte in feierlich stockender Art weiter, erschrak aber, sobald er an eine Pointe kam, nahm unsicher ein Streichholz zwischen zwei Finger, stand auf, lächelte und Nick mußte beenden. Nick erzählte von den riesigen Summen, die sie beide in Monte Carlo gesetzt hatten, von den Kniffen, die man beim Spiel anwenden mußte. Er hatte seinen Talisman ständig in der Hand gehalten, hatte sich ein andermal die Stiefel heimlich unter dem Tisch ausgezogen und in bloßen Strümpfen gespielt, hatte, als dies und vieles andere nichts nutzte, zum Trotz eine alte häßliche Frau das Spielgeld an einem Freitag Morgen von der Bank abholen lassen. Das Spitzglas fiel ihm aus der fleischigen Hand und der Wein perlte über sein faltiges Vorhemd. Er begann eben zu erzählen, wie er klug geworden war, als der Oberleutnant Irfen aus der Spielzimmertür auf sie zukam und sich schweigend Nick gegenüber auf einen Rohrstuhl aufpflanzte. Nick hatte dadurch gelernt, daß er zunächst bei kleinen Einsätzen etwa drei Stunden lang den Verlauf des Spieles beobachtete, daß er dann von einer augenblicklichen beliebigen Kombination ausging und nun eine kleine Wahrscheinlichkeitsrechnung machte. Die Chancen seines Spiels stiegen jetzt um etwa achtzig Prozent. Er nahm von dem Schreibpulte am Fenster eine weiße Löschunterlage und malte mit einem Kohlestift eine Tabelle auf.

Rittlings auf seinem Rohrstuhle sitzend, sah der lange Oberleutnant ihn starr an. Das ungemein scharf geschnittene Gesicht war glatt rasiert, die Oberlippe hing stark über und zuckte viel. Der Schädel kahl. Das Haar an Schläfe und Hinterhaupt pfeffergrau und abstehend; in scharfem Winkel zogen die Augenbrauen an der Nasenwurzel zusammen. Nur die Trunkenheit verlieh seinen sonst schweifenden Augen den starren Blick und ließ durch das fahle Grau der Wangen eine fleckige Rötung leuchten. Irfen war selten gesehen in diesem Kasino. Er trieb sich – das wußten seine Vorgesetzten so gut wie der jüngste Rekrut – in den niedrigsten Spelunken der Stadt herum, mußte oft morgens in den schlimmsten Schenken von seinen Burschen gesucht werden. Aber ein ungewöhnlicher Scharfsinn, ein eiserner Fleiß machte ihn unnahbar für strenge Disziplinierung. Er war durch ein sonderbares Vorkommnis vor rund drei Jahren aus der Hauptstadt in diese Provinzgarnison versetzt worden. Als bei den damaligen Frühjahrsmanövern ein großes Avancement stattfinden sollte, war Irfen für eine bevorzugte Stelle in dem Stabe seines Korps vorgeschlagen. In der wundervollen Märznacht, tags vor dem Ausrücken seiner Abteilung, jagte er über die Dörfer, trank sich in einer Bauernschenke fest, beendete die Nacht bei einer verrufenen Dorfhexe, deren Fenster er vorher einschlug. Morgens setzte er kurz vor der Inspektion auf dem Übungsplatze mit einem Schimmel an, von dem er später selbst nicht wußte, wem er abgetrieben war. Der Kommandeur ritt an dem Offizier vorüber, der kerzengerade auf dem Gaul saß, aber Stroh im Haar hatte und dessen linker Ärmel weit bis in die Achsel aufgeschlitzt war, riß noch einmal sein Pferd um und sah nun erst verblüfft, dann ironisch lächelnd den Offizier an. In der Nacht darauf hatte Irfen sein eigenes edles Pferd erschossen, war in den Stall des Kommandeurs gedrungen, hatte auch dessen zwei kostbare Pferde erschossen, nachdem er vorher den Stallburschen in widerlicher Weise gemißhandelt hatte.

Über den Tisch langend, nahm er dem jungen Nick den Kohlestift und den Löschbogen aus den Händen, sagte:

»Paß auf, Kamerad, wie deine Rechnung ganz richtig wird,« schloß die Augen und fuhr mit dem breitgelegten Kohlestift nach allen Richtungen über die Tafel, wobei er den Rand der roten Unterlage beschmierte. Auf die erstaunte, etwas verwirrte Frage des jungen Nick, der sofort aufgesprungen war, brach er in ein hartes meckerndes Lachen aus. Nick fuhr ihn, aufrechtstehend, lärmend an, aber er setzte allen Aufforderungen, sich näher zu erklären, nur ein höhnisches »Kismet; es gibt nur das Fatum« entgegen, so daß die Unterhaltung einen peinlichen Ernst annahm und man in den Nebenzimmern aufmerkte. Der graue Oberleutnant aber wandte plötzlich sehr bedachtsam seinen Stuhl um, machte mit beiden Armen den Tisch vor sich frei, setzte sich hin und legte sich breit, den Kopf auf den Armen, über den Tisch hin. Das linke Auge kniff er zu, den linken Mundwinkel zog er herunter, sein Gesicht bekam einen gespannten Ausdruck; er schlug mit dem linken Arm wiegend auf die Tischplatte: »Sag, was du willst, Nick, tu was du willst. Ich versichere: hast du das Glück, so kannst du deine Abteilung rückwärts marschieren lassen über ein Stoppelfeld, und keiner stürzt dir hin. Andernfalls: tue was du willst, quäle dich auf einer Pritsche ab, zerarbeite dich, es nutzt nichts. Es kommt nicht zu dir, das Glück. Es hat nicht den Schlüssel zu deiner Tür. Daran liegt's. Laß deine Hände weg davon; es tritt nicht über deine Schwelle, niemals, wenn du auch mit einem Strick an seinem Hals ziehst.« Der andere höhnte auf eine krampfhafte Art. Er redete ruhig weiter. »Ich werde dir etwas sagen. Hole mir noch eine Kanne griechischen Wein. Wenn ich mich heute schlafen lege, so werde ich es einmal versuchen. Wieder einmal. Aber im Schlafe. Zum Hohn. Denn mit dem Wachen, weiß ich, ist nichts. Ich werde im Schlafe fragen, verstehst du mich, was ich wissen will oder nicht wissen will; ich weiß nicht was und werde mit der Antwort aufwachen. Sieh her –« er hatte sich, den Kopf auf den linken Arm, mit dem Oberkörper ganz gespannt über die Tischplatte gelegt, griff mit der offenen

Hand in die Luft – »so wie ich hier bin, werde ich schlafen, werde Kismet sagen und die Zukunft befragen, die wird mir meine Frage beantworten.« Sein Faustschlag dröhnte auf dem Tisch; er sprach mit absoluter Bestimmtheit. Es war kaum eine halbe Stunde später, als er, über den Tisch gesunken, einschlief.

Mittags gegen zwei wachte er auf. Als er schweigend durch den Saal ging, neckte ihn der junge Nick. Irfen besann sich, er hatte nichts im Schlaf gefragt und ihm war nichts eingefallen. Er ging in die Stadt, kam um acht Uhr wieder, um sich mit finsterer Miene wieder zum Trinken hinzusetzen.

Ein Pokulieren im kleinen Kreise begann; in dem beginnenden Lärm saß er versunken da. Bis er mit einmal gegen zehn Uhr aufstand, krachend sein Glas auf den Tisch schmetterte und schweigend, den Blick zum Fenster hinaus in die Flamme der Gaslaterne gerichtet, steif stehen blieb.

»Halt, halt,« schrie er.

Dabei ließen seine Augen nicht von der Gaslaterne los. Die flackerte gar nicht.

»Nummer sechs, Nummer sechs.«

»Deibel, was hat er?«

»Ich sage, Nummer sechs.«

»Das Fatum«, flüsterte Nick seinem erschrockenen Bruder zu.

»Welche Straße, Irfen?« schrie einer vom Ende des Tisches.

»Nummer sechs ist es.«

»Halloh, Perastraße,« brüllte derselbe, »da wohnt sie!«

Irfen blieb schweigend stehen. Er flüsterte etwas.

»Perastraße,« wiederholte er automatisch sehr leise, er setzte sich plötzlich hin, sehr ruhig, trank sein Glas in einem Zuge aus und blickte sich um. Einen Augenblick hielt die Verblüffung im Kasino an, dann lachte einer, schließlich alle brüllend auf. Nick sprang auf: »Das Fatum hat gesprochen, Kameraden. Räuchert unsere Pythia aus.« Sie drangen auf den Oberleutnant ein, schlugen wie er auf den Tisch: »Bravo, Prophete!«

Sie quälten ihn, zu sagen, was er gefragt hatte. Er fuhr sich über den kahlen Schädel, brummte; er konnte sich nicht besinnen. Das Gelächter nahm kein Ende.

Er sagte gleichmütig, indem er sich aus einem Kruge vom schwersten Griechenwein einschänkte, in einer Stunde wolle er hingehen, das Fatum habe gesprochen; er könne es nur entgegennehmen; sie sollten lieber einen Zeugen auswählen; lachte zufrieden, als Nick sich selbst vorschlug und gewählt wurde, und als die jungen Leute wilde Allotria zu treiben anfingen. Sie vermummten sich in Frauenkleidung, erschienen vor ihm als Damen des Hauses Nummer sechs, schnitten, als sie den schamhaften Schleier hoben, die entsetzlichsten Grimassen, brüllten lockend und pathetisch: »Kismet, Kismet!« Die Kasinoburschen legten ihm und Nick kurz vor elf die Mäntel um, schnallten ihnen Degen und Revolver um, gaben ihnen den Fez in die Hand. Durch das Spalier der Zurückbleibenden, die beschlossen hatten, bis zur Rückkehr der beiden zu warten, gingen sie aus der Tür hinaus; Irfen voran, völlig kalten Blicks, als verließe er wie sonst das Kasino; hinter ihm prahlerisch, etwas betrunken und hoch vergnügt Nick.

Sie taten die ersten Schritte in die frische Nachtluft hinein, Nick schwatzte stolpernd über das Pflaster; Irfen gab keine Antwort. Dann sprach auch Nick kein Wort mehr. Als er an der ersten Straßenecke Irfen mit einer Handbewegung über die Richtung orientieren wollte, bemerkte er, daß Irfen den Kopf auf die Brust hatte sinken lassen, so daß sein Fez fast herunterfiel und der Büschel vornüberhing. An einer Straßenlaterne kam es ihm vor, als ob der Oberleutnant mit festgeschlossenen Augen ging, und als ob eine tiefe Spannung seine Mundwinkel herunterzog und wieder die unbeirrbare Sicherheit auf seinem Gesicht erschien.

Den schon bestürzten jungen Mann befiel eine Angst, die seine Glieder lähmte. Als er noch einmal scharf den steinernen Ernst und die Verbissenheit fixierte, die neben ihm schritt, fuhren seine Hände entsetzt zusammen: »er versündigt sich« schoß ihm durch den Kopf; es überkam ihn die Lust, stehenzubleiben, wegzulaufen, jemandem mitzuteilen, was hier vorging. Aber er konnte nicht anhalten. Es war ja auch lächerlich. Irfen ging mit ziehendem Schritt vor ihm und ließ ihn nicht los. Er ging in unglaublichem Gleichmaß dicht an den Häusern, mit kleinen, schleifenden Schritten. Sie bogen aus der weiten Hauptstraße in die lange schmale Perastraße. Da brannte nicht eine Laterne. Vor einem alten einstöckigen Häuschen blieb der Oberleutnant stehen, ohne den Kopf zu heben. Er hatte nicht aufgesehen, um das Haus zu finden. Sie standen fast eine halbe Minute lautlos vor der kleinen Tür. Es war Nummer sechs; es war in der Tat Nummer sechs. Dann legte Irfen die rechte Hand vor die Stirn und sagte, ohne sich zu wenden: »Nick, ich will Dich bitten. Laß uns einen Augenblick an Allah denken; dann müssen wir Allah eine Zeitlang vergessen.« Schon hatte er den metallenen Türklopfer gehoben und ihn gegen das Holz fallen lassen. Er stand wieder gesenkten Hauptes da; wartete.

Nick trat neben ihn. Drinnen polterte jemand eine Treppe herunter bis dicht an die Haustür, schloß, riß an der Klinke; mit einem Krach und lautem Knarren öffnete sich die Tür. Es war mit bloßem Kopf, in Hemdsärmeln, ein Bedienter, ein graubärtiger Kroate, der mit einer riesigen Handlaterne die Uniformen ableuchtete und höflich fragte, was die Herren wünschten.

»Nichts,« antwortete Irfen, »laß uns die Treppe hinauf,« und suchte den Kroaten beiseite zu schieben. Der Verblüffte stellte sich breitbeinig eine Stufe höher, setzte seine Laterne neben sich nieder, sah noch einmal Nick an und wiederholte seine Frage. Von oben tönte inzwischen eine dünne scheltende Männerstimme; im Schlafrock hinkte ein gebücktes kahlköpfiges greisenhaftes Herrchen über die Stufen, zog beim Anblick der beiden Offiziere die Quasten zusammen und fragte sehr ernst, aber noch unwirsch, wen sie zu sprechen wünschten oder wer sie jetzt schicke. »Ich bin von niemandem geschickt,« fuhr ihn Irfen an, »ich muß hier im Haus etwas sehen.« Das kleine Herrchen richtete sich steif auf, sah forschend in das unbewegliche Gesicht des hageren Offiziers, sagte ganz unsicher, betreten: »Meine Herren, Sie irren vielleicht in der Straße, in der Hausnummer. Ich weiß nicht. Oben schlafen nur noch meine Damen; es wohnt hier niemand sonst; ich kann jetzt niemanden einlassen.« »Der Schlaf ihrer Damen ist gewiß sehr wichtig; aber ich habe eine unaufschiebbare Mission.« Der Kroat und sein Herr wechselten rasche Blicke. »Sie meinen wirklich Nummer sechs, Perastraße Nummer sechs, meine Herren? Es muß aber doch ein Irrtum, eine Verwechslung vorliegen.« »Lassen Sie mich die Treppen hinauf, mein Herr,« drängte Irfen, »kümmern Sie sich nicht um meine Sachen. Ist oben nichts, dann hab ich Unrecht. Reden Sie nicht; lassen Sie mich hinauf!« »Ich kann Sie nicht ins Schlafzimmer meiner Damen lassen. Ich bitte Sie endlich von meiner Tür zu gehen.« »Ich rühre Ihnen keine mit einer Fingerspitze an.«

»Ich bitte Sie hier fortzugehen. Ich rufe Leute, mein Herr.« »Und wenn Sie die ganze Garnison alarmieren, komme ich hinauf. Nick, steh her; Du wirst mir jetzt helfen.« Er tastete an dem Herrn vorbei nach dem Treppengeländer; der fuhr heraus: »Nehmen Sie gütigst die Hand vom Geländer und rühren Sie mich nicht an.« Der Kroat setzte die Laterne höher hinter sich, stellte sich dicht vor Irfen hin, legte eisern seine Hand auf dessen Arm. »Nick, tu mir den Gefallen gegen diese Menschen. Wenn ich Unrecht habe, habe ich Unrecht. Aber du sollst selbst sehen.« – Man hörte eilige Schritte oben, ein Rauschen von Kleidern; eine angstvolle Frauenstimme rief: »Laß ihn doch herauf; um Gottes Willen, Kari.« Aber der wutzitternde Kroat hatte mit einem plötzlichen Schlag vor die Brust Irfen zurückgeschleudert und die Tür zugeworfen. Erst schlug Irfen, sich gegen die Tür stemmend, mit beiden Armen gegen die schwache Tür, dann trat er die Füllung mit zwei Fußstößen ein, daß die Trümmer und Splitter auf die schreienden Leute drin schlugen. In diesem Augenblick hob Herr Kastelli den Arm über den Kopf und bückte sich; der scharfe Degen des Oberleutnants zischte über ihn durch die Öffnung; aber gleichzeitig krachte die Treppe hinunter aus dem Revolver des Kroaten ein Schuß, und rasch hintereinander zwei weitere Schüsse. Der lange Irfen draußen richtete sich hoch auf und warf die Arme in die Luft, stürzte rücklings auf das Trottoir, kroch wieder auf, lief, während der Fez liegen blieb, schräg vorwärts auf die andere Seite der dunklen Straße, drückte sich noch einen Augenblick an die Mauer an und fiel nach vorne dumpf schallend aufs Gesicht. Nick, am Arm getroffen, kniete schon neben ihm, suchte ihn umzudrehen. Als er Irfens Kopf wandte, sah er einen kleinen Stirnschuß und sah das unveränderte Gesicht eines grauen Menschen, der das linke Auge zugekniffen, den linken Mundwinkel herabgezogen hatte, als legte er sich eben über einen verwüsteten Tisch und sagte, den Arm wiegend mit unbeirrbarer Sicherheit: »Kismet.«

Der Herr Kastelli und seine Damen folgten bei der Beerdigung. Es waren drei ältere Damen, Verwandte des

Hausherrn, und ein Herr, die für wenige Tage bei ihm auf der Durchreise wohnten. Im Kasino sagte man bei gelegentlichen Besprechungen des Falles, daß der Verlauf der Sache im Grunde vorauszusehen war.

DIE ERMORDUNG EINER BUTTERBLUME

Der schwarzgekleidete Herr hatte erst seine Schritte gezählt, eins, zwei, drei, bis hundert und rückwärts, als er den breiten Fichtenweg nach St. Ottilien hinanstieg, und sich bei jeder Bewegung mit den Hüften stark nach rechts und links gewiegt, so daß er manchmal taumelte; dann vergaß er es.

Die hellbraunen Augen, die freundlich hervorquollen, starrten auf den Erdboden, der unter den Füßen fortzog, und die Arme schlenkerten an den Schultern, daß die weißen Manschetten halb über die Hände fielen. Wenn ein gelbrotes Abendlicht zwischen den Stämmen die Augen zum Zwinkern brachte, zuckte der Kopf, machten die Hände entrüstete hastige Abwehrbewegungen. Das dünne Spazierstöckchen wippte in der Rechten über Gräser und Blumen am Wegrand und vergnügte sich mit den Blüten.

Es blieb, als der Herr immer ruhig und achtlos seines Weges zog, an dem spärlichen Unkraut hängen. Da hielt der ernste Herr nicht inne, sondern ruckte, weiter schlendernd, nur leicht am Griff, schaute sich dann am Arm festgehalten verletzt um, riß erst vergebens, dann erfolgreich mit beiden Fäusten das Stöckchen los und trat atemlos mit zwei raschen Blicken auf den Stock und den Rasen zurück, so daß die Goldkette auf der schwarzen Weste hochsprang.

Außer sich stand der Dicke einen Augenblick da. Der steife Hut saß ihm im Nacken. Er fixierte die verwachsenen Blumen, um dann mit erhobenem Stock auf sie zu stürzen und blutroten Gesichts auf das stumme Gewächs loszuschlagen. Die Hiebe sausten rechts und links. Über den Weg flogen Stiele und Blätter.

Die Luft von sich blasend, mit blitzenden Augen ging der Herr weiter. Die Bäume schritten rasch an ihm vorbei; der Herr achtete auf nichts. Er hatte eine aufgestellte Nase und ein plattes bartloses Gesicht, ein ältliches Kindergesicht mit süßem Mündchen.

Bei einer scharfen Biegung des Weges nach oben galt es aufzuachten. Als er ruhiger marschierte und sich mit der Hand gereizt den Schweiß von der Nase wischte, tastete er, daß sein Gesicht sich ganz verzerrt hatte, daß seine Brust heftig keuchte. Er erschrak bei dem Gedanken, daß ihn jemand sehen könnte, etwa von seinen Geschäftsfreunden oder eine Dame. Er strich sein Gesicht und überzeugte sich mit einer verstohlenen Handbewegung, daß es glatt war.

Er ging ruhig. Warum keuchte er? Er lächelte verschämt. Vor die Blumen war er gesprungen und hatte mit dem Spazierstöckchen gemetzelt, ja mit jenen heftigen aber wohlgezielten Handbewegungen geschlagen, mit denen er seine Lehrlinge zu ohrfeigen gewohnt war, wenn sie nicht gewandt genug die Fliegen im Kontor fingen und nach der Größe sortiert ihm vorzeigten.

Häufig schüttelte der ernste Mann den Kopf über das sonderbare Vorkommnis. »Man wird nervös in der Stadt. Die Stadt macht mich nervös,« wiegte sich nachdenklich in den Hüften, nahm den steifen englischen Hut und fächelte die Tannenluft auf seinen Schopf.

Nach kurzer Zeit war er wieder dabei, seine Schritte zu zählen, eins, zwei, drei. Fuß trat vor Fuß, die Arme schlenkerten an den Schultern. Plötzlich sah Herr Michael Fischer, während sein Blick leer über den Wegrand strich, wie eine untersetzte Gestalt, er selbst, von dem Rasen zurücktrat, auf die Blumen stürzte und einer Butterblume den Kopf glatt abschlug. Greifbar geschah vor ihm, was sich vorhin begeben hatte an dem dunklen Weg. Diese Blume dort glich den anderen auf ein Haar. Diese eine lockte seinen Blick, seine Hand, seinen Stock. Sein Arm hob sich, das Stöckchen sauste, wupp, flog der Kopf ab. Der Kopf überstürzte sich in der Luft, verschwand im Gras. Wild schlug das Herz des Kaufmanns. Plump sank jetzt der gelöste Pflanzenkopf und wühlte sich in das Gras. Tiefer, immer tiefer, durch die Grasdecke hindurch, in den Boden hinein. Jetzt fing er an zu sausen, in das Erdinnere, daß keine Hände ihn mehr halten konnten. Und von oben, aus dem Körperstumpf, tropfte es, quoll aus dem Halse weißes Blut, nach in das Loch, erst wenig, wie einem Gelähmten, dem der Speichel aus dem Mundwinkel läuft, dann in dickem Strom, rann schleimig, mit gelbem Schaum auf Herrn Michael zu, der vergeblich zu entfliehen suchte, nach rechts hüpfte, nach links hüpfte, der drüber wegspringen wollte, gegen dessen Füße es schon anbrandete.

Mechanisch setzte Herr Michael den Hut auf den schweißbedeckten Kopf, preßte die Hände mit dem Stöckchen gegen die Brust. »Was ist geschehen?« fragte er nach einer Weile. »Ich bin nicht berauscht. Der Kopf darf nicht fallen, er muß liegen bleiben, er muß im Gras liegen bleiben. Ich bin überzeugt, daß er jetzt ruhig im Gras liegt. Und das Blut – –. Ich erinnere mich dieser Blume nicht, ich bin mir absolut nichts bewußt.«

Er staunte, verstört, mißtrauisch gegen sich selbst. In ihm starrte alles auf die wilde Erregung, sann entsetzt über die Blume, den gesunkenen Kopf, den blutenden Stiel. Er sprang noch immer über den schleimigen Fluß. Wenn ihn jemand sähe, von seinen Geschäftsfreunden oder eine Dame.

In die Brust warf sich Herr Michael Fischer, umklammerte den Stock mit der Rechten. Er blickte auf seinen

Rock und stärkte sich an seiner Haltung. Die eigenwilligen Gedanken wollte er schon unterkriegen: Selbstbeherrschung. Diesem Mangel an Gehorsam würde er, der Chef, energisch steuern. Man muß diesem Volk bestimmt entgegentreten: »Was steht zu Diensten? In meiner Firma ist solch Benehmen nicht üblich. Hausdiener, raus mit dem Kerl.« Dabei fuchtelte er stehen bleibend mit dem Stöckchen in der Luft herum. Eine kühle, ablehnende Miene hatte Herr Fischer aufgesetzt; nun wollte er einmal sehen. Seine Überlegenheit ging sogar soweit, daß er oben auf der breiten Fahrstraße seine Furchtsamkeit bespöttelte. Wie würde es sich komisch machen, wenn an allen Anschlagsäulen Freiburgs am nächsten Morgen ein rotes Plakat hinge: »Mord begangen an einer erwachsenen Butterblume, auf dem Wege vom Immenthal nach St. Ottilien, zwischen 7 und 9 Uhr abends. Des Mordes verdächtig« et cetera. So spöttelte der schlaffe Herr in Schwarz und freute sich über die kühle Abendluft. Da unten werden die Kindermädchen, die Pärchen finden, was von seiner Hand geschehen war. Geschrei wird es geben und entsetztes Nachhauselaufen. An ihn würden die Kriminalbeamten denken, an den Mörder, der schlau ins Fäustchen lachte. Herr Michael erschauerte wüst über seine eigene Tollkühnheit, er hätte sich nie für so verworfen gehalten. Da unten lag aber sichtbar für die ganze Stadt ein Beweis seiner raschen Energie.

Der Rumpf ragt starr in die Luft, weißes Blut sickert aus dem Hals.

Herr Michael streckte leicht abwehrend die Hände vor.

Es gerinnt oben ganz dick und klebrig, so daß die Ameisen hängen bleiben.

Herr Michael strich sich die Schläfen und blies laut die Luft von sich.

Und daneben im Rasen fault der Kopf. Er wird zerquetscht, aufgelöst vom Regen, verwest. Ein gelber, stinkender Matsch wird aus ihm, grünlich, gelblich schillernd, schleimartig wie Erbrochenes. Das hebt sich lebendig, rinnt auf ihn zu, gerade auf Herrn Michael zu, will ihn ersäufen, strömt klatschend gegen seinen Leib an, spritzt an seine Nase. Er springt, hüpft nur noch auf den Zehen.

Der feinfühlige Herr fuhr zusammen. Einen scheußlichen Geschmack fühlte er im Munde. Er konnte nicht schlucken vor Ekel, spie unaufhörlich. Häufig stolperte er, hüpfte unruhig, mit blaubleichen Lippen weiter.

»Ich weigere mich, ich weigere mich auf das entschiedenste, mit Ihrer Firma irgendwelche Beziehung anzuknüpfen.«

Das Taschentuch drückte er an die Nase. Der Kopf mußte fort, der Stiel zugedeckt werden, eingestampft, verscharrt. Der Wald roch nach der Pflanzenleiche. Der Geruch ging neben Herrn Michael einher, wurde immer intensiver. Eine andere Blume mußte an jene Stelle gepflanzt werden, eine wohlriechende, ein Nelkengarten. Der Kadaver mitten im Walde mußte fort. Fort.

Im Augenblick, als Herr Fischer stehen bleiben wollte, fuhr es ihm durch den Kopf, daß es ja lächerlich war, umzukehren, mehr als lächerlich. Was ging ihn die Butterblume an? Bittere Wut lohte in ihm bei dem Gedanken, daß er fast überrumpelt war. Er hatte sich nicht zusammengenommen, biß sich in den Zeigefinger: »Paß auf, du, ich sag dir's, paß auf, Lump verfluchter.« Zugleich warf sich hinterrücks Angst riesengroß über ihn.

Der finstere Dicke sah scheu um sich, griff in seine Hosentasche, zog ein kleines Taschenmesser heraus und klappte es auf.

Inzwischen gingen seine Füße weiter. Die Füße begannen ihn zu grimmen. Auch sie wollten sich zum Herrn aufwerfen; ihn empörte ihr eigenwilliges Vorwärtsdringen.

Diese Pferdchen wollte er bald kirren. Sie sollten es spüren. Ein scharfer Stich in die Flanken würde sie schon zähmen. Sie trugen ihn immer weiter fort. Es sah fast aus, als ob er von der Mordstelle fortliefe. Das sollte niemand glauben. Ein Rauschen von Vögeln, ein fernes Wimmern lag in der Luft und kam von unten herauf. »Halt, halt!« schrie er den Füßen zu. Da stieß er das Messer in einen Baum.

Mit beiden Armen umschlang er den Stamm und rieb die Wangen an der Borke. Seine Hände fingerten in der Luft, als ob sie etwas kneteten: »Nach Kanossa gehen wir nicht.« Mit angestrengt gerunzelter Stirn studierte der totblasse Herr die Risse des Baumes, duckte den Rücken, als ob von hinten etwas über ihn wegspringen sollte. Die Telegraphenverbindung zwischen sich und der Stelle hörte er immer wieder klirren, trotzdem er mit Fußstößen die Drähte verwirren und zudrücken wollte. Er suchte es sich zu verbergen, daß seine Wut schon gelähmt war, daß in ihm eine sachte Lüsternheit aufzuckte, eine Lüsternheit nachzugeben. Ganz hinten lüsterte ihn nach der Blume und der Mordstelle.

Herr Michael wippte versuchend mit den Knieen, schnupperte in die Luft, horchte nach allen Seiten, flüsterte ängstlich: »Nur einscharren will ich den Kopf, weiter nichts. Dann ist alles gut. Rasch, bitte, bitte.« Er schloß unglücklich die Augen, drehte sich wie versehentlich auf den Hacken um. Dann schlenderte er, als wäre nichts geschehen, geradeaus abwärts, im gleichgültigen Spaziergängerschritt, mit leisem Pfeifen, in das er einen sorglosen Ton legte und streichelte, während er befreit aufatmete, die Baumstämme am Wege. Dabei lächelte er, und sein Mäulchen wurde rund wie ein Loch. Laut sang er ein Lied, das ihm plötzlich einfiel: »Häschen in der Grube saß und schlief.« Das frühere Tänzeln, Wiegen der Hüfte, Armschlenkern machte er nach. Das Stöckchen hatte er schuldbewußt hoch in den Ärmel hinaufgeschoben. Manchmal schlich er bei der Biegung des Weges rasch zurück, ob ihn jemand beobachtete.

Vielleicht lebte sie überhaupt noch; ja, woher wußte er denn, daß sie schon tot war? Ihm huschte durch den Kopf, daß er die Verletzte wieder heilen könnte, wenn er sie mit Hölzchen stützte und etwa rings herum um Kopf und Stiel einen Klebeverband anlegte. Er fing an schneller zu gehen, seine Haltung zu vergessen, zu rennen. Mit einmal zitterte er vor Erwartung. Und stürzte lang an einer Biegung hin gegen einen abgeholzten Stamm, schlug sich Brust und Kinn, so daß er laut ächzte. Als er sich aufraffte, vergaß er den Hut im Gras; das zerbrochene Stöckchen zerriß ihm den Ärmel von innen; er merkte nichts. Hoho, man wollte ihn aufhalten, ihn sollte nichts aufhalten; er würde sie schon finden. Er kletterte wieder zurück. Wo war die Stelle? Er mußte die Stelle finden. Wenn er die Blume nur rufen könnte. Aber wie hieß sie denn? Er wußte nicht einmal, wie sie hieß. Ellen? Sie hieß vielleicht Ellen, gewiß Ellen. Er flüsterte ins Gras, bückte sich, um die Blumen mit der Hand anzustoßen.

»Ist Ellen hier? Wo liegt Ellen? Ihr, nun? Sie ist verwundet, am Kopf, etwas unterhalb des Kopfes. Ihr wißt es vielleicht noch nicht. Ich will ihr helfen: ich bin Arzt, Samariter. Nun, wo liegt sie? Ihr könnt es mir ruhig anvertrauen, sag ich euch.«

Aber wie sollte er, die er zerbrochen hatte, erkennen? Vielleicht faßte er sie gerade mit der Hand, vielleicht seufzte sie dicht neben ihm den letzten Atemzug aus.

Das durfte nicht sein.

Er brüllte: »Gebt sie heraus. Macht mich nicht unglücklich, Ihr Hunde. Ich bin Samariter. Versteht Ihr kein Deutsch?«

Ganz legte er sich auf die Erde, suchte, wühlte schließlich blind im Gras, zerknäulte und zerkratzte die Blumen, während sein Mund offen stand und seine Augen gradaus flackerten. Er dumpfte lange vor sich hin.

»Herausgeben. Es müssen Bedingungen gestellt werden. Präliminarien. Der Arzt hat ein Recht auf den Kranken. Gesetze müssen eingebracht werden.«

Die Bäume standen tiefschwarz in der grauen Luft am Wege und überall herum. Es war auch zu spät; der Kopf gewiß schon vertrocknet. Ihn entsetzte der endgültige Todesgedanke und schüttelte ihm die Schultern.

Die schwarze runde Gestalt stand aus dem Grase auf und torkelte am Wegrand entlang abwärts.

Sie war tot. Von seiner Hand.

Er seufzte und rieb sich sinnend die Stirn.

Man würde über ihn herfallen, von allen Seiten. Man sollte nur, ihn kümmerte nichts mehr. Ihm war alles gleichgültig. Sie würden ihm den Kopf abschlagen, die Ohren abreißen, die Hände in glühende Kohlen legen. Er konnte nichts mehr tun. Er wußte, es würde ihnen allen einen Spaß machen, doch er würde keinen Laut von sich geben, um die gemeinen Henkersknechte zu ergötzen. Sie hatten kein Recht, ihn zu strafen; waren selbst verworfen. Ja, er hatte die Blume getötet, und das ging sie garnichts an, und das war sein gutes Recht, woran er festhielte gegen sie alle. Es war sein Recht, Blumen zu töten, und er fühlte sich nicht verpflichtet, das näher zu begründen. Soviel Blumen wie er wollte, könnte er umbringen, im Umkreise von tausend Meilen, nach Norden, Süden, Westen, Osten, wenn sie auch darüber grinsten. Und wenn sie weiter so lachten, würde er ihnen an die Kehle springen.

Stehen blieb er; seine Blicke gifteten in das schwere Dunkel der Fichten. Seine Lippen waren prall mit Blut gefüllt. Dann hastete er weiter.

Er mußte wohl hier im Wald kondolieren, den Schwestern der Toten. Er wies darauf hin, daß das Unglück geschehen sei, fast ohne sein Zutun, erinnerte an die traurige Erschöpfung, in der er aufgestiegen war. Und an die Hitze. Im Grunde seien ihm allerdings alle Butterblumen gleichgültig.

Verzweifelt zuckte er wieder mit den Schultern: »Was werden sie noch mit mir machen?« Er strich sich mit den schmutzigen Fingern die Wangen; er fand sich nicht mehr zurecht.

Was sollte das alles; um Gotteswillen, was suchte er hier!

Auf dem kürzesten Wege wollte er davonschleichen, querabwärts durch die Bäume, sich einmal ganz klar und ruhig besinnen. Ganz langsam, Punkt für Punkt.

Um nicht auf dem glatten Boden auszugleiten, tastet er sich von Baum zu Baum. Die Blume, denkt er hinterlistig, kann ja auf dem Wege stehen bleiben, wo sie steht. Es gibt genug solch toten Unkrauts in der Welt.

Entsetzen packt ihn aber, als er sieht, wie aus einem Stamme, den er berührt, ein runder blaßheller Harztropfen tritt; der Baum weint. Im Dunkeln auf einen Pfad flüchtend, merkt er bald, daß sich der Weg sonderbar verengt, als ob der Wald ihn in eine Falle locken wolle. Die Bäume treten zum Gericht zusammen.

Er muß hinaus.

Wieder rennt er hart gegen eine niedrige Tanne; die schlägt mit aufgehobenen Händen auf ihn nieder. Da bricht er sich mit Gewalt Bahn, während ihm das Blut stromweise über das Gesicht fließt. Er speit, schlägt um sich, stößt laut schreiend mit den Füßen gegen die Bäume, rutscht sitzend und kollernd abwärts, läuft schließlich Hals über Kopf den letzten Abhang am Rand des Waldes herunter, den Dorflichtern zu, den zerfetzten Gehrock über den Kopf geschlagen, während hinter ihm der Berg drohsam rauscht, die Fäuste schüttelt und überall ein Bersten und Brechen von Bäumen sich hören läßt, die ihm nachlaufen und schimpfen.

Regungslos stand der dicke Herr an der Gaslaterne vor der kleinen Dorfkirche. Er trug keinen Hut auf dem Kopf, in seinem zerzausten Haarschopf war schwarze Erde und Tannennadeln, die er nicht abschüttelte. Er seufzte schwer. Als ihm warmes Blut den Nasenrücken entlang auf die Stiefel tropfte, nahm er langsam mit beiden Händen einen Rockschoß hoch und drückte ihn gegen das Gesicht. Dann hob er die Hände an das Licht und wunderte sich über die dicken blauen Adern auf dem Handrücken. Er strich an den dicken Knollen und konnte sie nicht wegstreichen. Beim Ansingen und Aufheulen der Elektrischen trollte er weiter, auf engen Gäßchen, nach Hause.

Nun saß er ganz blöde in seinem Schlafzimmer, sagte laut vor sich hin: »Da sitz ich, da sitz ich,« und sah sich verzweifelt im Zimmer um. Auf und ab ging er, zog seine Sachen aus und versteckte sie in einer Ecke des Kleiderspindes. Er zog einen anderen schwarzen Anzug an und las auf seiner Chaiselongue das Tagblatt. Er zerknäuelte es im Lesen; es war etwas geschehen, es war etwas geschehen. Und ganz spürte er es am nächsten Tage, als er an seinem Pulte saß. Er war versteinert, konnte nicht fluchen, und mit ihm ging eine sonderbare Stille herum.

Mit krampfhaftem Eifer sprach er sich vor, daß alles wohl geträumt sein müsse; aber die Risse an seiner Stirn waren echt. Dann muß es Dinge geben, die unglaublich sind. Die Bäume hatten nach ihm geschlagen, ein Geheul war um die Tote gewesen. Er saß versunken da und kümmerte sich zum Erstaunen des Personals nicht einmal um die brummenden Fliegen. Dann schikanierte er die Lehrlinge mit finsterer Miene, vernachlässigte seine Arbeit und ging auf und ab. Man sah ihn oft, wie er mit der Faust auf den Tisch schlug, die Backen aufblies, schrie, er würde einmal aufräumen im Geschäft und überall. Man würde es sehen. Er lasse sich nicht auf der Nase herumtanzen, von niemandem.

Als er rechnete, bestand aber am nächsten Vormittag unerwartet etwas darauf, daß er der Butterblume zehn Mark gutschrieb. Er erschrak, verfiel in bitteres Sinnen über seine Ohnmacht und bat den Prokuristen, die Rechnung weiter zu führen. Am Nachmittag legte er selbst das Geld in einen besonderen Kasten mit stummer Kälte; er wurde sogar veranlaßt, ein eigenes Konto für sie anzulegen; er war müde geworden, wollte seine Ruhe haben. Bald drängte es ihn, ihr von Speise und Trank zu opfern. Ein kleines Näpfchen wurde jeden Tag für sie neben Herrn Michaels Platz gestellt. Die Wirtschafterin hatte die Hände zusammengeschlagen, als er ihr dies Gedeck befahl; aber der Herr hatte sich mit einem unerhörten Zornesausbruch jede Kritik verbeten.

Er büßte, büßte für seine geheimnisvolle Schuld. Er trieb Gottesdienst mit der Butterblume, und der ruhige Kaufmann behauptete jetzt, jeder Mensch habe seine eigene Religion; man müsse eine persönliche Stellung zu einem unaussprechlichen Gott einnehmen. Es gäbe Dinge, die nicht jeder begreift. In den Ernst seines Äffchengesichts war ein leidender Zug gekommen; auch seine Körperfülle hatte abgenommen, seine Augen lagen tief. Wie ein Gewissen sah die Blume in seine Handlungen, streng von den größten bis zu den kleinsten alltäglichen.

Die Sonne schien in diesen Tagen oft auf die Stadt, das Münster und den Schloßberg, schien mit aller Lebensfülle. Da weinte der Verhärtete eines Morgens am Fenster auf, zum ersten Male seit seiner Kindheit. Urplötzlich, weinte, daß ihm fast das Herz brach. All diese Schönheit raubte ihm Ellen, die verhaßte Blume, mit jeder Schönheit der Welt klagte sie ihn jetzt an. Der Sonnenschein leuchtet, sie sieht ihn nicht; sie darf den Duft des weißen Jasmins nicht atmen. Niemand wird die Stelle ihres schmählichen Todes betrachten, keine Gebete wird man dort sprechen: das durfte sie ihm alles zwischen die Zähne werfen, wie lachhaft es auch war und er die Hände rang. Ihr ist alles versagt: das Mondlicht, das Brautglück des Sommers, das ruhige Zusammenleben mit dem Kuckuck, den Spaziergängern, den Kinderwagen. Er preßte das Mündchen zusammen; er wollte die Menschen zurückhalten, als sie den Berg hinaufzogen. Wenn doch die Welt mit einem Seufzer untergegangen wäre, damit der Blume das Maul gestopft sei. Ja, an Selbstmord dachte er, um diese Not endlich zu stillen.

Zwischendurch behandelte er sie erbittert, wegwerfend, drängte sie mit einem raschen Anlauf an die Wand. Er betrog sie in kleinen Dingen, stieß hastig, wie unabsichtlich, ihren Napf um, verrechnete sich zu ihrem Nachteil, behandelte sie manchmal listig, wie einen Geschäftskonkurrenten. An dem Jahrestag ihres Todes stellte er sich, als ob er sich an nichts erinnerte. Erst als sie dringender auf eine stille Feier zu bestehen schien, widmete er ihrem Andenken einen halben Tag.

In einer Gesellschaft ging einmal die Frage nach dem Leibgericht herum. Als man Herrn Michael fragte, was er am liebsten esse, fuhr er mit kalter Überlegung heraus: »Butterblume, Butterblumen sind mein Leibgericht.« Worauf alles in Gelächter ausbrach, Herr Michael aber sich zusammenduckte auf seinem Stuhl, mit verbissenen Zähnen das Lachen hörte und die Wut der Butterblume genoß. Er fühlte sich als scheusäliger Drache, der geruhsam Lebendiges herunterschluckt, dachte an wirr Japanisches und Harakiri. Wenngleich er heimlich eine schwere Strafe von ihr erwartete.

Einen solchen Guerillakrieg führte er ununterbrochen mit ihr; ununterbrochen schwebte er zwischen Todespein und Entzücken; er labte sich ängstlich an ihrem wütenden

Schreien, das er manchmal zu hören glaubte. Täglich sann er auf neue Tücken; oft zog er sich, hoch aufgeregt, aus dem Kontor in sein Zimmer zurück, um ungestört Pläne zu schmieden. Und so heimlich verlief dieser Krieg, und niemand wußte darum.

Die Blume gehörte zu ihm, zum Komfort seines Lebens. Er dachte mit Verwunderung an die Zeit, in der er ohne die Blume gelebt hatte. Nun ging er oft mit trotziger Miene in den Wald nach St. Ottilien spazieren. Und während er sich eines sonnigen Abends auf einem gefallenen Baumstamm ausruhte, blitzte ihm der Gedanke: hier an der Stelle, wo er jetzt saß, hatte seine Butterblume, Ellen, gestanden. Hier mußte es gewesen sein. Wehmut und ängstliche Andacht ergriff den dicken Herrn. Wie hatte sich alles gewendet! Seit jenem Abend bis heute. Er ließ versunken die freundlichen, leicht verfinsterten Augen über das Unkraut gehen, den Schwestern, vielleicht Töchtern Ellens. Nach langem Sinnen zuckte es spitzbübisch über sein glattes Gesicht. O sollte seine liebe Blume jetzt eins bekommen. Wenn er eine Butterblume ausgrübe, eine Tochter der Toten, sie zu Hause einpflanzte, hegte und pflegte, so hatte die alte eine junge Nebenbuhlerin. Ja, wenn er es recht überlegte, konnte er den Tod der alten überhaupt sühnen. Denn er rettete dieser Blume das Leben und kompensierte den Tod der Mutter; diese Tochter verdarb doch sehr wahrscheinlich hier. O, würde er die alte ärgern, sie ganz kalt stellen. Der gesetzeskundige Kaufmann erinnerte sich eines Paragraphen über Kompensation der Schuld. Er grub ein nahes Pflänzchen mit dem Taschenmesser aus, trug es behutsam mit der bloßen Hand heim und pflanzte es in einen goldprunkenden Porzellantopf, den er auf einem Mosaiktischchen seines Schlafzimmers postierte. Auf den Boden des Topfes schrieb er mit Kohle: »§ 2043 Absatz 5«.

Täglich begoß der Glückliche die Pflanze mit boshafter Andacht und opferte der Toten, Ellen. Sie war gesetzlich, eventuell unter polizeilichen Maßregeln zur Resignation gezwungen, bekam keinen Napf mehr, keine Speise, kein Geld. Oft glaubte er, auf dem Sofa liegend, ihr Winseln, ihr langgezogenes Stöhnen zu hören. Das Selbstbewußtsein des Herrn Michael stieg in ungeahnter Weise. Er hatte manchmal fast Anwandlungen von Größenwahn. Niemals verfloß sein Leben so heiter.

Als er eines Abends vergnügt aus seinem Kontor in seine Wohnung geschlendert war, erklärte ihm seine Wirtschafterin gleich an der Tür gelassen, daß das Tischchen beim Reinemachen umgestürzt, der Topf zerbrochen sei. Sie hätte die Pflanze, das gemeine Mistzeug, mit allen Scherben in den Mülleimer werfen lassen. Der nüchterne, leicht verächtliche Ton, in dem die Person von dem Unfall berichtete, ließ erkennen, daß sie mit dem Ereignis lebhaft sympathisiere.

Der runde Herr Michael warf die Tür ins Schloß, schlug die kurzen Hände zusammen, quiekte laut vor Glück und hob die überraschte Weibsperson an den Hüften in die Höhe, so weit es seine Kräfte und die Deckenlänge der Person erlaubten. Dann schwänzelte er aus dem Korridor in sein Schlafzimmer, mit flackernden Augen, aufs höchste erregt; laut schnaufte er und stampften seine Beine; seine Lippen zitterten.

Es konnte ihm niemand etwas nachsagen; er hatte nicht mit dem geheimsten Gedanken den Tod dieser Blume gewünscht, nicht die Fingerspitze eines Gedankens dazu geboten. Die alte, die Schwiegermutter, konnte jetzt fluchen und sagen, was sie wollte. Er hatte mit ihr nichts zu schaffen. Sie waren geschiedene Leute. Nun war er die ganze Butterblumensippschaft los. Das Recht und das Glück standen auf seiner Seite. Es war keine Frage.

Er hatte den Wald übertölpelt.

Gleich wollte er nach St. Ottilien, in diesen brummigen, dummigen Wald hinauf. In Gedanken schwang er schon sein schwarzes Stöckchen. Blumen, Kaulquappen, auch Kröten, sollten daran glauben. Er konnte morden, so viel er wollte. Er pfiff auf sämtliche Butterblumen.

Vor Schadenfreude und Lachen wälzte sich der dicke, korrekt gekleidete Kaufmann Herr Michael Fischer auf seiner Chaiselongue.

Dann sprang er auf, stülpte seinen Hut auf den Schädel und stürmte an der verblüfften Haushälterin vorbei aus dem Hause auf die Straße.

Laut lachte und prustete er. Und so verschwand er in dem Dunkel des Bergwaldes.

DER RITTER BLAUBART

Hinter der dünnen Birkenreihe, welche die Stadt von Norden her umsäumte, zog eine wellige Ebene nach dem Meere zu, wenig mit niedrigen Kiefern und Strauchwerk besetzt. Kein einziger Weg führte aus dem Durchbruch der Stadtmauer nach dem Strand, der kaum zwei Stunden entfernt ist; eine Kleinbahn fuhr in weitem Bogen um die Einöde herum an das Wasser. In vielen Senkungen der Ebene stand der Sumpf, schwarz und steif wie Leim; Ratten und Kröten hausten hier; öfter stieß ein Häher durch die dicke Luft und schlug ein Weichtier an.

Wo sich die Hügelreihe am stärksten erhob, ragten quadratische und unförmige Steinblöcke scharf auf, Reste verwitterter Klippen. Das Meer hatte sich früher über das Land gestreckt; jetzt lag die Ebene verstört und frostig da; Meer und Erde wandten sich von ihr ab.

Diese Fläche war vor langen Jahren auf eine sonderbare Weise in den Besitz eines Barons Paolo di Selvi gekommen. Er war von einer Weltreise durch den Sund in diese See gesteuert, um in der Stadt den Vater seines ersten Bootsmannes zu besuchen, der unter dem Äquator dem Schwarzwasserfieber erlegen war. Er stieg ans Land, sprühend von Laune, träumerisch, eroberungssicher. Breitschulterig ging er mit den leicht gebogenen Beinen des Reiters über die Anlegebretter. Der Wind pfiff scharf an dem Morgen, und warf ihm die schiefsitzende Kapitänsmütze mit einem glatten Schlag ins Wasser, so daß er barhäuptig und lachend unter seinen Leuten stand, die das böse Omen entsetzte. Seine Augen waren etwas schräg gestellt, dicht an der Nase, die klein und stumpf war und mit ihrer Wurzel tief einsetzte. Die klaren hellgrauen Augen stimmten schlecht zu dem Munde von mädchenhafter Weiche, zu der Sanftheit seiner Stimme. Er ritt auf einem schwarzen Hengst hinter einem Maultiergespann den weiten Umweg nach der Stadt; zwei Truhen schleppte man zu dem alten Manne, den er suchte, eine mit Andenken und allem Nachlaß des Bootsmannes, die andere mit japanischer Seide, indischen Perlen und Juwelen, mit sibirischem Pelzwerk. Kaum zwei Stunden blieb er in der Stadt, dann trabte er pfeifend und lachend allein zurück, unbekannt der Gegend, den kurzen Weg durch die Ebene. Es ist nichts bekannt über die Geschehnisse in der Ebene an dem Mittag. Der Baron muß schon am Eingang des Gebietes vom Pferd abgesessen sein und sich allein durch den Sand und Morast gemacht haben. Beim nächsten Morgengrauen fand man den Vermißten besinnungslos auf der Klippe liegen, lang auf den Rücken ausgestreckt, über und über mit Tang und Lehm bedeckt, das Gesicht eigentümlich geschwollen, glühend, mit Bläschen, wie verbrannt, auch an der rechten Hand und dem Vorderarm löste sich die Haut in Fetzen ab. Man lagerte den ohnmächtigen Mann auf eine Bahre, trug ihn schräg über das Brachland auf die nächste Chaussee, wo man einen Heuwagen requirierte und in die Stadt fuhr. Die Wundflächen heilten in einer Woche. Der Baron wußte nicht, was ihm geschehen war. Nur die Krankenschwestern berichteten, daß seine Augen gegen Abend einen leidenden entsetzten Ausdruck annähmen, daß er den rechten Arm zur Abwehr in die Höhe hebe und trostlos wimmere. Als er völlig genesen war, schenkte er die Yacht seinem ersten Steuermann, entließ seine Leute und zog in die Stadt.

Zuerst bewohnte er ein Haus im Süden der Stadt, ganz im Freien liegend; viele Singvögel umgaben ihn; er pflog mit keinem Menschen Verkehr. Nach einigen Monaten zog er an die Stadtmauer in eine ganz alte Wohnung, die einen weiten Blick auf die dunstige Heide gewährte. Auf der Stadtmauer spazierte und saß der völlig veränderte unzugängliche Mann oder ritt die Chaussee langsam nach dem Meere zu. Bis er nach fast Jahresfrist frühmorgens durch die Straßen der Stadt ging, auf dem Marktplatz nach einem Baumeister fragte und diesen mit kurzen Worten beauftragte, ihm in der Heide auf der höchsten Anhöhe um die Klippe herum ein Wohnhaus zu bauen. Der Baumeister brauche sich nicht zu beeilen, sagte er, indem er die Arme verschränkte; es solle ein Schloß werden, heimlich und weitläufig, mit vielem festlichen Schmuck; denn er wolle in sechs Monaten seine Gemahlin heimführen.

So zogen die Wegebauer in die Heide, stampften von der Chaussee einen sicheren Nebenweg nach der Klippe. Die Maurer fuhren lärmend an; sie planten den Hügel ab, gruben die Pfeiler ein und umbauten den Felsen, der sich bis zum ersten Stock des Hauses erhob und frei in die Zimmer ragte, – ein weites gedehntes Gebäude aus grauem Kalkstein, mit bunten Kirchenfenstern, zierlichen Türmen. Mitten in der Einöde erhob sich das Schloß, ein Gelächter der Bauleute, ein Kopfschütteln der Städter.

Knapp einen Monat, nachdem die Wände, Zimmer mit Kostbarkeiten erfüllt waren, führte der Baron eine fremde, junge Frau in sein Schloß. Sie erschien einmal im Theater der Stadt, die Portugiesin, ein braunes kindliches Wesen, das nicht vom Arme des Mannes wich; der lachte wieder wie früher und bezauberte alle. Sie tanzten an dem Abend im Bürgersaal. Der Baron spitzte seinen Mund und pfiff im Tanz; er strich den braunen Vollbart und zeigte spottend die Brandnarben auf seiner rechten Hand. Das zweite Mal, daß man von der Portugiesin hörte, war eine Woche später, als ein reitender Bote nachts vom Schloß herjagte, dem

Arzt die Türe einschlug, ihn nach der Heide schleppte an die Leiche der jungen Frau. Sie lag mit blaurotem Gesicht im Nachtkleide auf dem dunklen Korridor vor ihrem Zimmer. Neben ihr brannte noch die Kerze, mit der sie wohl aus der Tür gestürzt war. Der Baron folgte dem Arzt mit starren Augen; keine Frage beantwortete er, keine Miene verzog er. Aus den Worten einer schluchzenden Zofe hörte der Arzt von dem alten Herzleiden der fremden Frau; er knöpfte seinen Pelz zu; sie war einer Lungenembolie erlegen.

Nach drei Wochen erschien der Baron wieder in der Stadt; man lud ihn zu den Gesellschaften ein. Oft und öfter ritt er in die Stadt, er fuhr zur Jagd, beteiligte sich an Kampfspielen und Rennen, saß abends beim Wein und erzählte von seinen Fahrten und Abenteuern. Lange Zeit sah man ihn lustig, schwärmend und träumerisch, mit den Soldaten und Seeleuten der Stadt, er fuhr eines Märztages mit zweien von ihnen wieder in See. Es kam nach einem halben Jahr etwa ein Brief von ihm an bei dem Verwalter seines Schlosses, daß die Wohngemächer grün auszuschlagen und grüne Läufer zu legen seien, und daß im Damenzimmer Orchideen gesetzt werden sollten.

Rund acht Monate nach seiner Abfahrt kehrte er zurück. Wieder führte er eine junge fremde Frau auf sein Schloß. Diese hat kein Städter gesehen. Eines Morgens lag sie in schwarzem Reitkleid, den Schleier vor dem stolzen weißen Gesicht, eine Gerte in der Hand, tot auf dem Hof des Schlosses.

Im Volk, bei den Schiffern und Vorstadtarbeitern munkelte man, wenn der finstere Baron in seinem schwarzen Ledermantel vorüberritt; die Kinder schrieen vor ihm auf, warfen kleine Steinchen nach ihm, schossen mit dem Katapult auf seinen Hengst.

Die Tochter eines Ratsherrn, ein schmächtiges hellblondes Mädchen, sah ihm vom Fenster aus nach. Ihr traten Tränen in die taubengrauen Augen, wenn die Männer ingrimmig von dem Geschick des schwarzen Ritters sprachen; sie weinte in ihrem Zimmer um ihn und war eines Tages auf seinem Schlosse und wurde seine Frau. Alle angstvollen Beschwörungen der Verwandten konnten dies nicht verhindern. Scharen von tobenden Menschen wälzten sich über den dunklen Weg nach dem Schloß, noch ehe ein Monat verstrichen war, als man die Leiche des süßen Geschöpfes eines Abends an dem Mauerdurchbruch fand. Die Polizei umringte das Schloß zum Schutz, der Baron wurde in Haft genommen. Das Gericht verfügte die Exhumierung der beiden ersten Frauen, die genaue chemische Analyse der drei Leichen auf Giftstoffe. Die Untersuchung blieb ergebnislos. Der Baron wurde auf freien Fuß gesetzt, das Volk streckte ohnmächtig die Hände nach ihm aus und wollte ihn zerreißen, als er seinen Revolver in der rechten Hand, langsam, höhnisch lachend, nach der Heide hinausritt.

Von nun an mied er die Stadt völlig. Er hauste allein in der Heide; nur sein Reichtum hielt die Dienerschaft im Schloß zurück.

Da landete eines Tages eine kleine Yacht vor der Stadt. Ein silbernes Horn blies über die Heide; Miß Ilsebill kutschierte ein Schimmelgespann durch die glatte Chaussee nach der Stadt. In dem Gasthof am Markt logierte sie sich ein. Sie fragte den Wirt nach dem Baron Paolo und seinem verrufenen Schloß; sie fragte zum zweiten, ob jetzt noch eine Frau bei ihm wäre; sie fragte zum dritten, wo sie ihn sehen könne. Bei den Rennen, die morgen in Stirming, dem Vororte, stattfänden.

Frühmorgens rüstete man das Gespann; der Groom stieg auf den Bock; auf dem Polster schaukelte Miß Ilsebill.

Die schnurgeraden Alleen herunter sausten die Wagen,

die Automobile; sie lenkten in weitem Bogen vor das Portal der Rennbahn. Der Himmel war stahlblau, es wehte eine sommerliche Luft. Die Menschen drängten auf die Rennbahn, sie füllten die Tribüne vor dem weiten, grünen Rasen; der Lärm der Stimmen und Gefährte brauste, ein Riesenvogel, über die leere Fläche.

Die Miß fuhr zuletzt, kurz vor dem Start, am Sattelplatz vor. Zwei sanfte Schimmel zogen den offenen, blauausgeschlagenen Wagen durch den knirschenden Sand. Sie stieg aus, im blauen wallenden Samtkleide, eine weiße Feder wehte in den bloßen Nacken; sie glitt durch die hölzerne Sperre auf ihren Platz. Sie hatte eine gelbweiße Haut, ebenmäßige Züge. Ihre tiefschwarzen Augen schlüpften zögernd über die Menschen und Gegenstände, wie ein schleimiger Schneckenleib, ließ eine Spur. Sie saß lächelnd da und kaute Schokolade.

Baron Paolo lehnte an der Stange; er sah mit Vergnügen die weißen Pferde antraben, hielt seinen weichen Filzhut zum Schutz über die spähenden Augen. Als die weiße Straußenfeder steil in dem Winde sich aufstellte, ging er die vier Stufen der Treppe hinunter, schob sich seitlich durch die Menge und trat vor Miß Ilsebill. Er hob die hohlen Hände wie ein Araber auf; beugte seinen Nacken vor ihr. Sie erschrak und lachte dann. Kalvello hieß der Favorit. Das braune schlankbeinige Tier jagte lässig hinter dem Rudel her; schon waren zwei Runden um, die Entscheidungsstrecke kam. Miß Ilsebill ließ das Silberpapier fallen, stützte das feste Kinn auf die Hand, jauchzte über die gebundene Ruhe des Pferdes. Sie waren dicht am Ziel; da legte sich der blauweiße Jockey dicht an das Ohr des Pferdes, flüsterte: »Kalvello, ho, Kalvello«. Das Tier senkte den Kopf, flog in vier Sprüngen hin, siegte. Sie strahlte. Der Lärm der Menge rauschte über sie. Kaum das Hürdenspringen vorüber war, stand sie auf und lud den schweigenden Mann zu einer Spazierfahrt mit ihr ein. Während sie durch die Wälder im Süden der Stadt fuhren, sagte er, daß er der Baron Paolo di Selvi sei, daß er durch sein Geschick hierher verschlagen sei und drüben in der Heide wohne. Sie erzählte, sie wäre Miß Ilsebill; er hätte auf seinem Heideschloß drei Frauen verloren, und sie trauere über sein Geschick. Worauf er einen trüben Blick auf sie warf, den grauen Kopf senkte; der Groom aber riß die Schimmel herum; sie fuhren die Chaussee zurück, auf den geraden Weg zur Heide. An der Wendung zur Schloßallee verengerte sich der Weg. Paolo nahm dem Kutscher die Leine ab. Die Pferde sträubten sich. Er stieg aus und riß sie vor. Unter Peitschenhieben zogen sie an, sie schnaubten und wollten durchgehen, aber er hielt die Leine straff.

Prunkend stand in der Wüstenei das graue Schloß; über dem Dach des Damenflügels ragte die Spitze einer weißen Klippe. Paolo saß aufrecht im weichen Hut, eingefallen waren seine braunen Wangen und seine Schläfen, seine schräg gestellten grauen Augen blickten leer, nur sein Mund war rund und weich und sehnsüchtig wie immer. In der Dämmerung kamen sie vor sein Haus. Am Portal gab er ihr zum Abschied die Hand. Miß Ilsebill stieg aber aus und bat sich bei ihm zu Gaste auf ein paar Tage; sie wollte ihn pflegen und mit schöner Musik erheitern. Sie bezog die Zimmer des Damenflügels.

Sie ritten morgens und mittags aus; Ilsebill sang und spielte vor ihm in den Gemächern. Sie trug bunte und nixengrüne Gewänder; in ihren Augen war ein weißes Schimmern, wenn sie auf den Teppichen tanzte; ihr schwarzes Haar hatte sie in Zöpfen gebunden, die sie mit den blitzenden Zähnen festhielt. Paolo lag stumpf auf den Polstern, rauchte und hüllte sich in Dampf, später warf er sich auf den Teppich, sah ihr neugierig aus seinen hellen Augen zu, hörte sie summen zu der Guitarre, in die ihre

Dienerin griff. Seine Stimme wurde heller, sein Gang rascher. Und als sie einmal auf dem Balkon standen, brach sie in ein ungefüges Weinen aus; sie wollte wissen, was es mit ihm sei, sie wollte ihm helfen. Er aber nahm ihre beiden gelbweißen, heißen Hände, legte sie auf seine Stirn, indem er die Worte eines fremden Gebets flüsterte; sie hing an seinem Hals, während er entsetzt bebte und lauter sprach und schrie, was sie nicht verstand. Schon war er wieder still und sanft, geleitete Miß Ilsebill in ihr Zimmer. Und am Abend schlich sie sich, indessen der Baron im Herrenflügel schlief, allein trotzig und finster an die Tür des verschlossenen Zimmers, in das die Klippe hineinragte. Sie rüttelte an dem Holz, sie stemmte sich seufzend mit der Schulter an; das Schloß hielt fest. Da nahm sie das goldene Kreuz vom Halse ab, flehte die Mutter Gottes um Hilfe an, fand am Fuße der Tür einen Riegel bloßliegen, schob ihn, den Finger einschlagend, in die Höhe, mit schwerer Mühe, so daß ihr Arm schmerzte.

Lautlos sprang die Tür auf; Miß Ilsebill, die zarte, in ein schwarzes Tuch geschlagen, hob die Kerze: es war ein schmales, freundliches Gemach, mit zärtlichem Frauentand die Tischchen und Wände bedeckt; der rohe zackige Felsen bildete die breite Hinterwand; er schattete sonderbar in dem unsichern Lichte; in seiner Nische, über dem Boden, stand das grünbezogene Nachtlager, zu dem zwei Stufen führten. Miß Ilsebill tänzelte freudig über den dicken Teppich, warf ihr Tuch ab, sog den schwachen Blumengeruch ein, zündete zwei Ampeln an und war in dem heimlichsten Zimmer. Die grüne japanische Seide hing von der Decke herab, Bilder und Tapeten lächelten ruhevoll und sanft, auch die sonderbare Klippe schimmerte wie ein spielerischer, phantastischer Einfall. Sie legte leise die Tür an, sprang auf das Lager, lag träumend stundenlang, schlüpfte frühmorgens wieder durch die Korridore auf ihr

Zimmer, nachdem sie das Licht gelöscht, sorgfältig die schweren Riegel herabgeschoben hatte. »War nichts geschehen, ist mir nichts geschehen,« sagte sie glücklich vor sich hin; glitt nun Nacht für Nacht hinüber in das Felsenzimmer, dort zu schlafen. Des Tages aber fand Miß Ilsebill kein Ende des Plauderns, Singens und Lockens vor dem versunkenen Manne. Aus ihren tiefschwarzen schlüpfenden Augen schlug öfter ein greller Blick zu ihm, und als sie einmal unter den fünf raschelnden Schleiern vor ihm getanzt hatte und er lachend über ihre tollen Sprünge ihre Handgelenke hielt, warf sie ihre Schönheit vor ihm hin und bettelte an seinem Hals: »Ich bin Ihr Eigen, Paolo.« »Sind Sie das, Miß Ilsebill? Sind Sie das?« Und sein Blick war nicht grell und heiß, sondern derart schwermutsvoll, fragend und ohne Trost, daß sie von ihm abwich, die Schleier um sich warf und aus dem Zimmer schlich. Er umgab sie aber mit so viel stiller Ehrfurcht, daß er die blaßwangige Ilsebill ganz in staunendes Glück versenkte.

Auf ihren Streifzügen durch die Wälder trug der schwarze Ritter sie oft auf den Armen und betete, manchmal in die starken Kniee sinkend, in fremder harter Sprache. Sie hob nie die Lippen zu seinem Munde, nur selten nahm er ihre gelbweißen Hände und preßte sie an seine Stirn. Welche Kleider trug Ilsebill mit den feinen Knöcheln? Wieviel Zöpfe hingen aus ihrem blauschwarzen Haar? Grüne Kleider, wie die Seide in dem Felsenzimmer trug Miß Ilsebill; grüne Blätter lagen auf ihrem Haare und waren eingeflochten in drei dichten Zöpfen. Miß Ilsebill und Paolo spielten und jagten zusammen, sie saßen oft am Meere, sie träumten zu zweit. Paolos Augen sprühten.

Eines Mittags sagte sie ihm, daß sie ihn um etwas bitten möchte. Und als Paolo freundlich fragte, biß sie sich auf die Unterlippe und meinte, daß sie ihm etwas sagen müsse. Ob es nicht zweckmäßig wäre, wenn sie einen Arzt kommen ließen aus der Stadt; sie glaube, sie sei etwas krank. Paolos Lippen wurden schneeweiß, er atmete schwer mit geschlossenen Augen: was ihr denn fehle. Sie höre immer, fast immer ein leises Scharren. Es sei ein Geräusch, ganz weit entfernt, ein gleichmäßiges Streifen, Rieseln und Scharren, gleich als liefe ein Tier über Sand und bliebe immer wieder schnaufend stehen. Es sei so fein, daß es ihr oft wie ein Pfeifen klinge. Er stand am Fenster und blies gegen die Scheibe, fuhr mit rauher Stimme heraus, es sei kein Arzt not bei solcher Krankheit; sie müsse sich zerstreuen; sie müsse jagen, reisen; am besten, sie ginge fort von hier. Da lachte Miß Ilsebill aus vollem Halse und sagte, ihre beiden Pferde seien nur schwer den Weg hierher gelaufen und jetzt, wo fände sie Pferde, die sie zurücktragen würden ohne ihn. Der untersetzte Mann hatte sich umgedreht, seine Stirn lag in Falten, sein mageres Gesicht glühte, er klagte heiser: sie solle gehen, sie solle gehen, sie solle gehen, er wolle sie doch nicht; er wolle kein Weib und keinen Menschen und nichts; er hasse sie alle, die höhnischen, sinnlosen Wesen; sie solle gehen, o sie solle gehen. Ein Messer wolle er ihr gleich geben, damit solle sie sich ihre Krankheit aus dem Herzen schälen. Wie Miß Ilsebill mit schaukelnden Hüften auf ihn zuging, kam er auf sie gewankt, taumelnd wie ein Kind, sah sie an derart schwermutsvoll und ohne Trost, daß sie sein Haar streichelte und in fesselloses Schluchzen ausbrach, als er an ihrer Brust zitterte. Sie stellte keine Frage an ihn; sie nahm heimlich einen Dolch von der Wand, versteckte ihn unter ihrem Kleid.

Miß Ilsebill ging nun in ihrem dünnen Kleid oft allein aus, sie streifte bis an die Stadtmauer, brachte Paolo seltene Muscheln, blaue Steine mit, auch streng duftende Narzissen, die er liebte. Und auf einem Wege sprach sie in der Vorstadt einen alten Bauern an, der erzählte, der Baron habe sich mit Leib und Seele einem bösen Untier verkauft. Das läge aus Urzeiten auf dem alten Meeresgrunde, dort auf der Heide; in der Klippe hause es und brauche alle paar Jahre einen Menschen. Es klänge wie ein Märchen und sei doch wahr. Wäre nicht bei den Frauen jetzt die Unzucht und Gottlosigkeit so groß, so wäre der arme Ritter längst befreit von dem Tier. Sie hörte es mit Glück, denn sie wußte es schon lange.

Sie spielte auf ihrem Zimmer mit Eidechsen, die sie fing. Als Paolo sie einmal unter Lächeln klagen hörte, sie suche im Grunde nur nach dem Tier, das so laut scharre und murre und raschelte, meinte er, nach einem langen, schüttelnden Gelächter, er wolle einen Dichter einladen, den er kenne in der Stadt, der solle sie mit Märchen und seltsamen Geschichten unterhalten. Es sei ein seelenkundiger Mann.

Am nächsten Mittag spazierte über den breiten Hauptweg der Dichter auf das Schloß; sie saßen zu dritt bei Tisch. Dann lud Paolo ihn ein, den Arzt zu spielen bei Miß Ilsebill und ihre Schwermut zu beheben; denn es scheine ihm eine Art Schwermut zu sein, was in ihr scharre und raschele und sie zu verschlingen drohe. Der Dichter sprach mit ihr auf ihrem Balkonzimmer; es war ein schlanker, junger Mann mit langen Armen und mit freien Bewegungen. Er fuhr über sie mit herrscherischen Blicken, sie lachten zusammen, über ihre Bilder gebückt. Er bat sie, sie möchte tanzen, als schon die Lust dazu in der Wilden erwacht war; sie tanzten zusammen unter Ilsebills letztem Schleier, und die Entfesselte sprang mit ihm auf den Balkon und lachte mit einmal über das Schloß und den Sumpf und die scharrenden Tiere. Sie krümmte sich über das Eisengitter, schrie ihr Gelächter über die dämmerige Heide hin. Wahnsinnig, ja wahnsinnig wäre sie, eine Leiche bei lebendigem Leibe. Mögen alle vorsintflutlichen Drachen ausbrechen und Paolos Glück morden: sie kenne nur ein Tier, das ausbrechen wolle, und das sei sie selber. Sie streckte ihre runden Arme über sich, rief das Meer an, sie wolle wieder fort, sie wolle reisen und wandern und wolle immer lieben und immer küssen. Und eh die Dunkelheit einbrach, ging der Dichter fort; trällernd riß sie ein grünes Blatt aus ihrem Haar und steckte es zwischen seine Lippen.

Kaum war es finster im Schloß geworden, da warf sich Miß Ilsebill ihr schwarzes Tuch um, nahm noch mit glühenden Wangen eine Kerze in die Hand und belud ihren linken Arm mit zwei Scheiten Holz: sie wollte zum Schluß die Felsenkammer in Brand stecken und dann in Nacht und Nebel verschwinden. Auf dem Meer wartete schon die Yacht, die der Dichter zur Flucht besorgt hatte. Den dunklen Gang keuchte sie hin; aus dem Dunklen, ihr entgegen, kamen Schritte. Die Scheite ließ sie über die Kniee leise zu Boden gleiten, es war Paolo, der sie nicht fragte, ihre Kerze sachte an den Boden stellte und sie zärtlich, ohne zu sprechen, streichelte über Haar und Hände. Die schwarzen Augen Miß Ilsebills schlüpften nicht fort von seinen, die voll Teilnahme blickten und einen erschreckenden Trost spendeten, schlüpften nicht ab von der ruhigen Aufgeschlossenheit seines heiteren Gesichts. Seine schräggestellten Augen strahlten über sie gar eine Dankbarkeit, sein Mund näherte sich zum ersten Male ihren Lippen und küßte sie. Er sagte, er ginge noch heute in die Stadt. Sie kauerte auf dem Gang, die Kerze war erloschen, eine unbezwingliche Angst schüttelte ihre Schultern. Sie hielt das Kreuz in beiden Händen hoch, sie richtete sich auf, die Scheite ließ sie liegen, sie mußte über den Gang, sie mußte nach der Tür, sie mußte in die Kammer. Hart war ihr Gesicht, dann verzerrte es sich hilflos. Hinter dem Kreuz schleppte sich Miß Ilsebill, weinend und sich kasteiend. Den Riegel schob sie hoch. In der Kammer ging sie händeringend auf und ab, schlug sich die Brust, schlummerte auf dem weichen Teppich ein.

Im Traume hörte sie ein Scharren und Krachen, ein lautes Rufen von Männerstimmen: »Ilsebill, rette dich; rette dich, Ilsebill, Ilsebill!« Richtete sich auf. Kam aus dem Felsen eine blasende Flamme, ein brennender Mund her. Der Felsen sprang mitten auseinander, aus der Höhle strömte das Wasser, wälzte sich ein grauenhaftes Meeresungeheuer, eine Meduse mit zahllosen ringelnden Fängen; aus dem Leib schlug die zitternde, blaurote Flamme wie der Atem. Miß Ilsebill stürzte nach der Tür; die fand sie nicht; da schrie sie gell und wahnsinnig: »Paolo, Paolo.« Das Untier zischte nach ihr; eine lähmende Süße durchfloß sie; sie schlug in Todesangst gegen die Wand. Ein blanker Spieß hing da, sie riß ihn herunter, schleuderte ihn blind in die Flamme hinein. Halbumfallend fand sie die Tür, lief, schreiend, mit den versengten Händen um sich schlagend, über die stummen Gänge; blieb vor ihrer Zimmertür liegen.

Bis an den grauen Morgen lag die stolze Miß Ilsebill. Als sie sich aufrichtete, löste sie mit starrer Ruhe ihre Schuhe und Strümpfe ab, band ihre Zöpfe auf, ging barhäuptig, in bloßem, dünnem Röckchen aus dem Hause, durch den Torweg nach der Stadt zu über die Heide, bis da, wo die Birken stehen. Sie wandte sich nicht einmal um. Hinter ihr tobte es; vom Meere her kam ein Donnern und Bersten. Eine Springflut, eine meilenweite graue Wand durchbrach die Dämme und Deiche, setzte rollend und schäumend über die verwunschene Ebene, bedeckte wieder, was ihr schon einmal gehört hatte, dazu ein graues Schloß und viele schlafende, armselige Menschen. Das furchtbare Wasser warf seine Wellen bis dicht an den Berg heran vor der Stadt, auf dem die Birken stehen. Ilsebill wanderte auf den Berg. Und wie sie zwischen den Bäumen ging, trat der

Nebel in den Wald. Aus einem Baume, an dem sie betete und ihr Kreuz aufhing, trat ein feiner, feiner Rauch, der süßer als Flieder duftete. Er legte sich um die wandernde Ilsebill, so daß sie eingehüllt war in die Falten eines weiten, duftenden Mantels. Sie sah keinen Schritt vor sich und keinen Schritt hinter sich; und als sie merkte, daß der Mantel der Mutter Gottes sie einhüllte, fing sie an zu weinen wie ein zages Mädchen. Rascher und rascher lief sie, aber sie stürzte bei jedem Schritt: »Ich möchte doch leben. Ach, liebe Mutter Gottes, laß mich doch die Blumen noch sehen, laß mich doch die Vöglein sehen. Ach, liebe Mutter Gottes, sei gut zu mir. Ich sehe, – du bist gut zu mir, wie ich zu dir bin.« Ihre Lippen blaßten. Sie wurde dünner und dünner. Seufzend löste sie sich auf und verschwand in dem feinen Nebel, der über die Birken zog.

Schon hob sich die Sonne über dem Wasser, da trabte langsam ein schwarzer Hengst mit einem Reiter durch den Mauerdurchbruch von der Stadt her. Der Reiter ritt über den Berg, und wie er auf der Höhe stand, schäumte meilenweit vor ihm das graue, tobende Wasser und kein Weg und kein Schloß. Er stieg ab, band das Pferd an einen Stamm, ging zwischen den Birken. Ein winziges goldenes Kreuz hing an einem Baum; um den ging ein süßer Geruch herum. Er zog den weichen Hut, kniete nieder und legte die Stirn an die Rinde: »Große Angst hast du uns beschert, holde Mutter Gottes; große Liebe hast du uns beschert, du holde Mutter Gottes.«

Die Städter sahen noch einmal den schwarzen Reiter an diesem Tage des Dammbruches durch die Stadt jagen. Dann hörte man nach vielen Jahren wieder von ihm, als die Kämpfe in Mittelamerika tobten. Als Führer einer Freischar gegen die heidnischen Indianer fiel er damals mit seiner ganzen Mannschaft bei einem heimtückischen Angriff.

DER DRITTE

Der berühmte Frauenarzt Dr. William Converdon in Boston erließ am 14. 4. eine Annonce in den »Täglichen Nachrichten«, in der er eine Sekretärin suchte. Er war durch seine Wahl zum Vorsitzenden der Gesellschaft für Gynäkologie mit Schreibarbeit übermäßig belastet worden; seine bucklige Haushälterin, der er sein Bedrängnis mitteilte, entschied sich dafür, eine Dame zu suchen; diese sei billig, vor allem leichter zu entlassen.

Am 18. 4. stellte sie ihm zum Schluß seiner Sprechstunde zwei Damen vor. Converdon drehte sich teilnahmslos auf seinem Stuhl um, nahm mit Kopfnicken die leichte Verbeugung eines scharfzügigen, schwarzen, intelligenten Fräuleins entgegen, richtete länger seine grauen kalten Augen auf das blonde Mädchen neben ihr, die ihm mit Erröten ihre Zeugnisse reichte. Wie er dann mit der Hand über sein breites Kinn fuhr, entschied er sich, ohne die Papiere zu öffnen, für die blonde, schüchterne, vollwangige, weil sie schöne Flechten trug und es ihn beunruhigen würde, ihre Reize auf die Straße zu schicken, und weil er hoffen konnte, ihrer rasch überdrüssig zu werden.

Bei Beginn der Diktate am nächsten Morgen empfand der hagere Mann eine Störung seines Gedankenganges durch die Anwesenheit des Mädchens. Er zögerte daher, über den Läufer des Sprechzimmers hin- und hergehend, nicht lange, hinter dem Sessel halt zu machen, auf dem sie saß, in blauem Kleid, den Kopf mit sauber gewundenen Flechten über das Pult gebeugt. Bei Betrachtung ihres Rückens blieb er an ihrem bloßen Nacken hängen; so hob er denn langsam ihren weißen Stehkragen auf und küßte sie in den Spalt hinein zwischen Kleid und Kragen. Sie fuhr zurück, ihre Augen leuchteten auf; als er ihre hellen Nackenhaare durch seine Zähne zog, legte sie kichernd ihre heiße Wange nach rückwärts an seinen Kopf und dehnte sich auf dem Stuhl. Dann, als er mit seinen schmalen Lippen ihre Wangen abtastete, warf sie sich plötzlich vorn über die Schreibplatte, vergrub den Kopf in den Armen, schluchzte sehr leise eine kleine Weile, während er nachdenklich hinter ihr stand, das scharfe Gesicht gesenkt, die linke Hand am Kinn. Sie schüttelte sich noch einmal, wischte sich die Augen mit einem sehr dünnen Taschentuch, stand auf, wandte sich um und sah ihn aus geröteten Augen von unten an. Das blondhaarige Fräulein, sie hieß Mery Walter, legte dann ihren Kopf an seine weiße Weste und bot ihm zu seiner großen Überraschung den Mund. Er wollte erst mit der freien linken Hand in die Rocktasche fahren nach seinem Kneifer, um die Erscheinung aus der Nähe zu betrachten, küßte sie aber entschlossen und nannte sie vorsichtig »liebes Fräulein Walter«. Fräulein Walter setzte sich wieder auf ihren Sessel, er spazierte befriedigt über den Läufer, diktierte weiter. Er machte ihr am Ende der Arbeit, weil es ihm so einfiel, einige Liebeserklärungen, die sie erst gedankenlos mitstenographierte, dann aber beim Nennen ihres Namens verstand; sie spazierte Arm in Arm mit dem erschrockenen Mann über den Läufer; der beschäftigte Arzt freute sich aber herzlich über den raschen Ablauf des Vorgangs.

Er ging mit ihr ins Theater, speiste abends mit ihr zusammen, trieb dies ein paar Tage. Bis ihm nach genau einer Woche, als er bei Beendigung des Diktats auf seiner Chaiselongue saß und Fräulein Walter betrachtete, ein weiterer Gedanke kam. Sie band sich eben über ihren blauen Rock eine spitzenbesetzte weiße Schürze und sah dabei auf ihre weißen Tennisschuhe, als er um die Erlaubnis bat, die Schürze hinten zuzuknöpfen, und ihr bei dieser Tätigkeit dann mit stockender Stimme von hinten ins Ohr flüsterte, sie möchte heute das Nachtlager in seiner unmittelbaren Nähe aufschlagen. Sie betrachtete eine Weile ihre Fingerspitzen, löste sich mit einem Ruck von seinen Händen, stampfte dann mit dem Fuß auf, sagte zunächst leise: »Es geht nicht.« Er ebenso leise: »Warum« und duzte sie sofort in Vorbedacht der kommenden Situationen. Nun einfach darum nicht, weil sie doch zu Hause wohne. Es wurde nun noch die Depesche an die Mutter abgesandt, in der berichtet wurde, daß Fräulein Mery den Herrn Chef für einen Tag auf einer Reise begleiten müsse, die bucklige Haushälterin orientiert, welche ein hierfür seit langen Jahren benutztes Zimmer freundlich abstaubte, so daß Dr. Converdon seinem Plan entsprechend die fröhliche Nacht mit seiner Sekretärin verlebte.

Nur störte ihn im Verfolg seiner notwendigen Bemühungen an dem Fräulein mehreres, nämlich die große Energie ihres anfänglichen Widerstands, ihre auffallende Erregtheit während der ganzen Nacht, besonders aber der Befund einer unzweifelhaften Jungfräulichkeit. Über diesen Befund war Herr Dr. Converdon heimlich außerordentlich entrüstet. Er erhob sich sehr früh, machte dem Fräulein am Morgen vor der Waschschüssel laute Vorwürfe wegen ihres Lebenswandels; man solle es nicht für möglich halten, wenn man sie betrachte mit ihren blonden Flechten: was wollte sie eigentlich von ihm; es zeuge von einer unglaublichen Unreife, von einem völligen Mißverstehen seiner Person; er wisse gar nicht, wie er über diesen Punkt ihrer Vergangenheit wegkommen solle. Sie weinte, im bloßen Hemd am Fenster sitzend, furchtbar; bettelte um Verzeihung, sie wisse ja selbst nicht, wie es gekommen sei. Er diktierte ihr wütend stundenlang am Vormittag; diktierte, bis sie halb schlafend über den Tisch sank; war außer sich über die Roheit dieser anscheinend harmlosen Person.

Sofort wollte er sie vor die Tür setzen. Aber er überlegte sich, daß sie dann zu leichten Kaufs davonkäme. Es wäre ihr ein Vergnügen, jetzt zu entwischen nach diesem Verbrechen an seiner Seele. Er erklärte ihr abends, als sie zum Nachtessen erschien, daß er sie nunmehr fest engagiere, zunächst auf drei Monate; sie klatschte in die Hände; er verlangte dringend, daß sie einen förmlichen Vertrag, den er entworfen habe, unterschriebe. Sie unterschrieb ungelesen, hängte sich an seinen Hals. Er lächelte finster. Niemand erkannte den ernsten Mann tagelang in seiner explosiven Wut. Er mietete ihr schon nach einigen Tagen eine Wohnung in dem Nebenhause, entsetzte sie ihrer Stellung als Sekretärin, engagierte einen alten Bureaubeamten. Sie sollte als Gesellschaftsdame fungieren in seinem Hause. Sie hätte weiter nichts zu tun, als zugegen zu sein, wenn er es verlangte.

Sie stellte nun seine Möbel um, hing kleine Liebesbilder und Fähnchen auf, setzte sich allabendlich zu ihm an den Tisch. Er sprach tagelang mit ihr kein Wort, er duldete sie, gab ihr mit jeder Miene seine Verachtung zu erkennen. Eines Tages schwoll sein Gesicht, während sie ruhig aß, blaurot an, die Stirnader trat wie ein Bleistift hervor, seine Augen quollen heraus; er schlug mit der Faust neben sie auf die Platte: »Du hast hier nicht Abend für Abend an meinem Tisch zu sitzen. Dieser Stuhl hat frei zu sein an meinem Tische. Ich verbitte mir, daß irgend jemand auf diesem Stuhle sitzt.« »Aber Lorry, wo soll ich denn sitzen?« »Wo du willst, sollst du sitzen. Vor der Türe. Ich wünsche, daß dieser Platz freibleibt.« Sie stand weinend auf: »So wünschst du, daß ich gehe?« »Daß du gehst? Das charakterisiert dich recht. Was willst du gehen? Warum? Wohin willst du gehen?

Oh ich kenne dich schon, du. Du willst gehen; das wolltest du schon lange. Aber du hast ohne meine Erlaubnis nicht das Zimmer zu verlassen. Du hast hier zu bleiben; ich sperre dich ein, bis du zahm und kirre bist, – du Schamlose.« Der alten buckligen Haushälterin aber trug er auf, Fräulein Mery zu behandeln als wäre sie die Tochter des Hauses, oder als wäre sie seine Frau, mit der allererdenklichsten Rücksicht und Zartheit; so verlangte er es.

Als der hagere Mann sich besänftigt hatte, ging er wieder mit dem blonden Fräulein spazieren auf den breiten Geschäftsstraßen Bostons; mit einer ernsten bittenden Galanterie bewegte er sich um sie; öfter klagte eine verzweifelte gequälte Demut aus seiner Stimme. Sie saßen einmal nebeneinander bei Sonnenuntergang am Fenster seines Sprechzimmers; da legte er überwältigt die kahle Stirn auf die runde Mädchenschulter. »Sieh, Mery, wie viele Straßen es gibt; drüben jenseits des Platzes fünf, über den Fluß weg hunderte im Arbeiterviertel. Hundert Häuser stehen in jeder Straße, und in jedem Haus wohnen so viele Männer, jüngere als ich, bessere als ich, schönere als ich. In jedem Stock, hinter jedem dieser Fenster. Sie haben an nichts zu denken, sie haben den ganzen lieben Tag ihre Gedanken frei, stell dir dies einmal vor. Und wie gerne würden sie dich lieben, mit deinen treuen Augen, deinen runden Armen. Dein Fleisch ist so fest, deine Brüste sind so straff, mit rosigen Spitzen; ach Gott, was hast du für ein weiches, glattes Fell, Mery, – und dies alles mir, den es nicht beglückt, den es belastet und die Atemluft benimmt. Bitte frage mich jetzt nicht wieder, ob du gehen sollst. Was hilft das mir? Ich würde dir nachlaufen müssen und weinen. Ich wäre unsäglich froh, wenn du nicht wärest. Ich würde mich gerne bücken hier am Fenster, dich auf die Arme nehmen und wie einen Blumenregen auf das Pflaster streuen, darüber in die Fenster hinein und über mich in das

Zimmer. Der Gedanke macht mich schmelzen. Aber jetzt faß mich nicht an, tröste mich gar nicht, laß meinen Kopf auf deiner Schulter liegen, Mery, Mery.«

Das Mädchen umging ihn mit großer Vorsicht, sie bereitete ihm die Mahlzeiten, half ihm bei den Arbeiten mit Geduld und unendlichem Sanftsinn. Wenn er sie anbrüllte, sich mit den Händen gegen die Brust schlug, weil solch Verhängnis an ihn gekettet wäre, so schlich sie davon die Treppen hinunter, weinte zu Hause, kam nach ein paar Stunden wieder zurück und fragte ängstlich die Haushälterin, ob der Herr schon besser wäre. Und er zog sie schon auf dem Korridor an den Händen zu sich hinein, polterte mit mürrischem Gesicht über eine kindliche Neigung zu dramatischen Spannungen, über ihre unreale idealistische Auffassung des Menschen.

Nun saß sie auf seinen Visiten im Wagen neben ihm, in einem mächtigen Florentinerhut mit breiter blutigroter Schleife, deren Enden sie nach vorn um den Hals band. Wie seine Tochter saß sie auf dem Polster in feinem weißen Batistkleide neben dem hageren, glattrasierten Arzt, dessen hohe schmale Stirn, gerade Nase, tiefe Mundlinien in Marmor gehauen waren. Sein Schädel war kahl bis an den Wirbel; seine grauen durchdringenden Augen sahen gradeaus.

Ihre Lippen waren fein und keusch. Das reizte ihn tief, und er legte ihr die harte Hand auf den Mund in dem eiskalten Wunsch, mit einem schlanken Messer ihre Lippen zu umschneiden, – dann wäre die ganze Keuschheit weg, – mit Porzellanglocken die demütige Sanftmut ihrer Augen zu verdecken; ihre welligen Haarflechten zu fassen, mit einem Ruck, mit einem langen skalpierenden Ruck vom Leibe abzuziehen, das weiche schmeichelnde Fell, die weiße glatte Haut ganz und gar, daß sie daläge, Mery, vor ihm, zuckend rot, mit spielenden, bloßen Muskeln, ein Präparat, ein krampfendes schnappendes Tier, Mery.

Er ließ sie ganz in seine Wohnung ziehen. Trotzdem sie im Gedränge der Straßen kaum einer beachtete, mußte sie dichte weiße Schleier tragen, und die kleine bucklige Frau begleitete sie. Der hagere Mann ging indessen heimlich des Nachts in die niedrigsten Quartiere der Vorstadt, lernte den verlorenen Geschöpfen ihre Obszönitäten und Verderbtheiten ab. Das streng bewachte, stille, blauverhängte Zimmer Merys zitterte unter den Rasereien der beiden Menschen. Sie saß neben ihm, umschlang ihn, bedauerte ihn wegen seiner Wildheit, aber er sann verzweifelt, wie er sie ganz verwüsten könnte, daß nichts von ihr übrig blieb, rang die Hände, daß sie noch immer neben ihm saß, als wäre nichts geschehen, mit treuen blauen Augen, mit den schlicht gewundenen Flechten, mit der kindlichen Stimme – wie er nur eine Spur in ihr hinterlassen könne, eine einzige kleine Spur. Bis sie einmal leise weinte an seiner Brust, und ihn fragte, ob er schlecht von ihr denke, weil sie jetzt so bestialisch zueinander seien; da tröstete er sie ingrimmig, sie solle nicht so outriert fragen.

Er erklärte ihr am Tage darauf, daß er sie zur Schauspielerin ausbilden lassen wolle. Sie gehörte allen Menschen; jeder konnte sie nehmen, sollte sie nehmen. Sie sei so schön; sie singe so rein, es sei ein Versäumnis, dies zwischen seinen vier Wänden verdorren zu lassen. Sie trat als Tänzerin in einem Varieté auf. Der Vorhang rauschte hoch, der hell beleuchtete Schädel des Arztes senkte sich, – nun war er glücklich. Nun lag die Schönheit Merys auf allen Gesichtern im Saale; der breite Fleischermund neben ihm sog lüstern an ihrem süßen Lächeln, in die braunen Kalbsaugen der Dame neben ihm kam eine Starrheit, als die blonde Mery im Tanze die runden Linien ihrer Schenkel bog und streckte; ein junger kräftiger Fant in der ersten Reihe biß sich mit dem Opernglas in ihre Brüste ein. Nun fiel sie wie ein Blumenregen über den Raum. Er raste in seiner Equipage hochatmend und lachend weg, ließ sie allein den Zuschauern. Er versteckte sich in seinem Zimmer, schloß die Türen hinter sich ab; seine Haushälterin bediente ihn wie sonst in der guten Zeit allein, während die Stühle leer herumstanden, kein Gedeck neben seinem lag, und er am Ende der Mahlzeit Tisch und Stühle umwarf und seine Beine vergnügt auf dem Sofa ausstreckte.

Kaum aber war nach der unruhigen Nacht der Morgen gekommen, so stand der Herr vor dem Fenster seines Sprechzimmers, sah die leere Straße herunter und streckte die Arme aus nach Mery, der Dirne, dem niedrigen seellosen Geschöpf, nach der Mörderin, dem Vampir. Keine Spinne konnte böser umgehen mit einer Fliege, als dieses Wesen mit ihm. Alle Dinge hier im Zimmer sprachen von der Pein, die sie ihm tausendmal bereitet hatte, – von der Mühe, die er mit ihr hatte, aber sie wälzte sich im warmen Dreck. Keine Peitsche, sie zu schlagen! Wo steckte sie, wo steckte sie, sein Besitz! Seine Hündin!

Gegen fünf Uhr nachmittags klingelte sie, lächelnd, freudig erregt, im weißen Mädchenkleid, unter einem mächtigen Florentinerhut, fiel ihm um den Hals und plapperte, wie glücklich sie sei, wie gut sie gefallen habe, wie sie sich freue auf heute Abend. Er fragte nicht, wo sie heute Nacht gewesen sei. Er nahm sie wie eine Puppe in den Arm und fiel aufweinend über sie auf den Teppich nieder. Er küßte sie auf den Mund und redete verwirrt. Er bettelte mit heiserer Stimme, sie solle nicht mehr spielen, sie solle bei ihm zuhause bleiben. Sie könne ja gehen, wann sie wolle, aber sie möchte bei ihm bleiben. Das Mädchen brach in ein furchtbares Schluchzen aus, fragte, was ihm geschehen sei. Sie zitterte, hob ihn auf, blickte den Mann an mit dem glühenden Gesicht, den triefenden Augen, den bebenden Lippen.

Am nächsten Vormittag fuhr er mit ihr auf das Standesamt, nach ein paar Tagen zum zweiten Male; da waren sie getraut.

Sie hatten wenige glückliche Wochen in einem Seebade verlebt. Da hörte sie eines Morgens, als sie sich zum Tennisspiel ankleidete, einen furchtbaren Schrei aus dem Nebenzimmer. Converdon stand in bloßen Hemdsärmeln aufrecht mitten im Zimmer, in der rechten Hand einen zerknitterten Brief. Er streckte die Arme nach der Decke, schrie gell Merys Namen, stürzte auf den Teppich nieder. Sie hob seinen heißen Kopf, er stammelte: «Es ist aus mit mir.« Dann, als er sich beruhigt hatte, sagte er, sie möchte ihn allein lassen, er hätte einen Nervenanfall gehabt. In dem zerknitterten Brief stand:

»Sehr geehrter Herr Doktor, Ihre Frau ist sehr schön. Ich werde mich um sie bemühen. Es ist Ihnen, sehr geehrter Herr Doktor, ebenso sicher wie mir selbst, daß ich Ihre Frau gewinnen werde. Es wird mir schwierig, ja unmöglich sein, meine Bemühungen um Ihre Frau durchzuführen, ohne daß Sie es merkten. Ich bitte Sie daher, erstens Kenntnis von meinem Plan zu nehmen; zweitens, angesichts des zweifellosen Resultats, keine Schwierigkeiten zu machen. Ihnen selbst, sehr geehrter Herr Doktor, empfehle ich, gedrängt von einem großen Wohlwollen für Sie, sich am fünfundzwanzigsten dieses Monats im Charlespark mit genauer Angabe der Motive umzubringen. P. S. Ich besitze ein Automobil und stelle Ihnen den Wagen zur Benutzung bei der Regelung Ihrer Angelegenheiten zur Verfügung.

Paul Wheatstren,
Parterregymnastiker.«

Dr. Converdon antwortete nach einer knappen Stunde Herrn Paul Wheatstren, Parterregymnastiker. Er bestätigte den Empfang des freundlichen Briefes vom Heutigen, dankte für die gütige Festsetzung des Todes, bat um umgehende Zusendung des Automobils, das er sachgemäß instandhalten werde.

Die erste Fahrt, die Dr. Converdon mit dem Wagen machte, war hinaus auf die Landvilla des Akrobaten, um mit ihm zu verabreden, daß von den kommenden Geschehnissen nichts zu Ohren Merys gelange. Wheatstren empfing ihn, ein untersetzter, breitschultriger Mann mit viereckigem, geröteten Gesicht, Ende dreißig, gewöhnliche Züge, aber klare, ruhige Augen. Er schüttelte dem Doktor lachend die Hand, erklärte ihm, wie er sich freue, seine schöne Frau kennen gelernt zu haben und ihren ehrenwerten Gatten.

Er hoffe mit Frau Mery glückliche Stunden zu verleben. Sie setzten sich bei einem Glas Wein hin. Wheatstren versäumte nicht, nach dem ersten Glase schonend zu bemerken, daß an dem baldigen Ableben seines Gastes die Dame nicht schuld sei, und er auch nicht; vielmehr ergäbe sich das Ableben von selbst bei der Sachlage, und so wäre es auch vernünftig, den Selbstmord am fünfundzwanzigsten in voller Öffentlichkeit, wie jede andere schickliche Handlung zu vollziehen. Dr. Converdon trat bei dem zweiten Glase mit gezogenem Revolver auf seinen erstaunten Wirt zu und besprach mit ihm die Möglichkeit, ihm selbst eine Kugel in das rechte Auge zu schießen und zwar jetzt gleich; dies sei vorteilhaft darum, weil jener keine Waffe trüge und er auf seinen Browning gut eingeschossen sei. Der andere bestätigte ohne Überlegung die Möglichkeit eines solchen Verlaufs, fügte aber mit überlegenem Lächeln hinzu, ohne sich auf seinem Sessel zu rühren, daß an der Sachlage dadurch nichts geändert würde. Es würde dann im nächsten Monat ein anderer Mann Frau Mery schön finden und Herrn Dr. Converdon davon benachrichtigen. Mit einem vorwurfsvollen Blick ging Herr Wheatstren auf den Arzt zu, der beschämt den Revolver sinken ließ. Er hätte Herrn Converdon geschrieben, weil er ihn für einen vernünftigen Mann hielte; es sei doch wirklich nicht ihre Sache, den Eintritt notwendiger Ereignisse zu verzögern. Er nahm gutmütig lachend dem Arzt den Revolver ab, klopfte ihm auf die Schulter; sie tranken nachdenklich weiter.

Zu Hause warf sich Herr Dr. Converdon in Frack, setzte einen Zylinder auf und fuhr in die Kirche. Er hörte aufmerksam die Predigten an, ließ sich am Schluß des Gottesdienstes beim Pfarrer anmelden. Diesem erklärte er den Sachverhalt, indem er sich auf einen Stuhl an der Türe setzte, stellte ihm die Frage: ob er als Seelenkenner glaube, daß sich das Motiv des am fünfundzwanzigsten stattzuhabenden Selbstmordes beheben lasse. Er sei Frauenarzt und daher mit Psychologie nicht vertraut. Der Pfarrer, ein junger, tiefernster Mann mit einem Jesuitengesicht, durchsprach mit ihm aufmerksam die Angelegenheit. Er explizierte am Schluß: Es sei, wie man wenigstens seitens der Psychologie sagen könne, ein gewisses Dunkel und eine Borniertheit in dem Arzt vorhanden; diese, eine angeborene Eigenschaft, durch Erziehung und Lebensweise gepflegt, sei kaum mehr zu beheben. Die Situation sei erfreulich für die Frau Mery; ihn könne man nur trösten mit dem Hinweis auf die Belanglosigkeit seiner Existenz.

Damit war der beliebte Frauenarzt ganz ins Klare gekommen. Er hatte noch zwei Wochen zu leben. In diesen folgenden Tagen kam nun, als er sich die Situation klar überlegte, eine völlig unbekannte Ruhe über ihn. Er ging mit einem Gefühl der Freude einher, daß jedem der Glanz seiner Augen auffiel. Mit einer tiefen Dankbarkeit behandelte er insbesondere seine junge Frau, fuhr in dem Automobil mit ihr spazieren ins Grüne, war ihr wirklich innig zugetan in dieser Zeit. Sie hatte ihm diese schönen hoffnungsvollen Tage beschert; über ein paar Tage war er wieder allein. Wie einfach sich alle seelischen Lächerlichkeiten lösen lassen durch eine mechanische Bewegung, gemäß dem guten Rat dieses Parterregymnastikers Paul Wheatstren. Täglich besuchte er mit Frau Mery die Varietévorstellungen, in denen der treffliche Mann auftrat, wurde nicht müde, seine Gelenkigkeit zu loben, kaufte sich sein Bild und stellte es in seinem Schlafzimmer an sein Bett. Zwei Tage vor seinem Ableben besuchte er noch alle Bekannten der nächsten Umgebung und teilte ihnen seinen Plan mit, er ging in den Kaufmannsladen, in den Gemüsekeller, in die Budike. Er fügte hinzu, daß er angesichts des Vergnügens, sie zu verlassen, ihnen Legate in Form von je tausend Dollars aussetze; er werde ihnen auch eine Stunde vor seinem Verscheiden Telegramme mit den herzlichsten Flüchen schicken. Er beobachtete, daß diese Erklärung allseitig beifälliges Erstaunen hervorrief und daß man ihm dankbar die Hände küßte.

Am vierundzwanzigsten dekretierte er schriftlich, daß man ihn sorgfältig sezieren möchte. Am fünfundzwanzigsten morgens trennte er sich von seiner schönen Frau in unbändiger Freude; der ernste kahlköpfige Arzt tanzte im Frack um sie herum, küßte sie und fand kein Ende mit ihr zu lachen. Gegen zehn Uhr setzte er sich in das Automobil, gab die Telegramme auf, fuhr nach dem Charlespark, ließ den Wagen am Eingang des Parkes warten, nachdem er einen Zettel hinterlassen hatte mit der Nachricht seines um halb elf stattfindenden Todes. Mitten im Gebüsch stehend, bemerkte er, daß er in seiner Freude den Revolver zuhause gelassen hatte und hängte sich daher nicht ohne Schwierigkeit an seinem Schlips auf.

Die Autopsie des Verstorbenen war völlig ergebnislos.

Am Abend der am sechsundzwanzigsten vorgenommenen Leichenschau besuchte Herr Wheatstren die Witwe, teilte ihr mit, daß er, wie sie wisse, ein Freund des Verblichenen sei. Er wolle keine großen Reden führen, sondern ihr nur mitteilen, daß er einige glückliche Stunden mit ihr zu verleben gedenke. Er bitte sie, das Gedächtnis des Verblichenen zu ehren, denn nur in Rücksicht auf ihr gemeinsames Glück habe er sich am fünfundzwanzigsten an seinem Schlips aufgehängt. Die gebrochene blonde Frau vergoß reichlich Tränen, sagte, sie erkenne Dr. Converdon daran; er sei immer so gütig gegen sie gewesen. Es käme ihr zwar alles so rasch, aber das Leben sei wohl so. Sie fuhr mit ihm in dem Automobil in seine Landvilla und verlebte ihrerseits mit ihm glückliche Stunden. Er seinerseits fühlte sich bald abgestoßen durch die Routine der sanften blauäugigen Dame in den Vergnügungen des Genusses; er hatte gehofft, ihr selbst diese beizubringen. So übernahm er dann nach einer Woche die Verwaltung ihres Vermögens, fluchte auf die Heimtücke des Dr. Converdon und fragte sie nach ihrer Herkunft. Als der Parterregymnastiker erfuhr, daß sie zuerst als Sekretärin bei Dr. Converdon beschäftigt war, bemerkte er, daß er keine Sekretärin brauche, er wisse als Akrobat wenigstens nicht, wozu. Er werde ihr Vermögen weiter gewissenhaft verwalten, ihr einen ausreichenden Zinsgenuß gewähren, aber sie scheine ihrer ganzen Anlage nach nicht für einen einzelnen Mann, wie ihn, geschaffen, auch wiesen die bezeigten Talente darauf hin. Und so empfahl er ihr dringend, ihre Begabung zu verwerten; auch das größte Kapital würde schließlich aufgezehrt. Sie verschloß sich seinen Darlegungen nicht. Und Herr Wheatstren führte die junge blonde Dame, die er auch heiratete, bald aus auf die Rennplätze, in die Theater; behandelte sie roh und mit Berechnung. Sie aber pries ihn auf Schritt und Tritt, weil er ihr das Höchste bot, was es auf Erden gäbe, nämlich erhebliche Abwechslung.

DIE MEMOIREN DES BLASIERTEN

Aufzeichnungen über das eigene Leben zu machen, hielt ich nie für nötig. Zwar ist ein Ding ebenso unwichtig wie das andere, und es macht nicht viel aus, ob man Länder erobert oder betet oder Frauen umarmt oder Memoiren schreibt. Zwar wußte ich auch schon früh, daß manche Dinge erst schmackhaft werden, wenn man sich ihrer erinnert, und ich habe ja manches Trostlose und Peinliche nur darum geduldig auf mich genommen. Aber doch wollte ich Aufzeichnungen über mich nie machen; ich wollte es nicht, und darüber läßt sich nicht weiter reden.

Jetzt will ich aber etwas tun für die Aufklärung der Menschen, die dies lesen: auch eine Klagschrift will ich hiermit liefern.

Es muß geschehen, damit eine laute Stimme gegen den Feind ruft, der im Dunkeln mordet, jahrhundertelang. Er wütet im Dunkeln und verstrickt uns. Darum schreibe ich dies.

***

Ich war noch ziemlich jung, als ich zuerst von der Liebe hörte. Ich las von ihr in Romanen, Gedichten, später bei manchen Philosophen. Die Quellen für meine Kenntnis der Liebe waren recht verschieden: teils belehrten mich die genannten weitschweifigen oder gehobenen Betrachtungen, teils die Zeitungen, die mit ihrer täglichen Selbstmordchronik mir manchen wünschenswerten Wink gaben.

Aber was man da behauptete, schien mir so sonderbar, daß ich es nicht glaubte. Ich las von der Liebe wie von einer Nordpolexpedition oder dem Überfall eines Eisenbahnzuges durch Indianer. Man sagte mir, daß ich auch einmal lieben würde; aber bei dem Gedanken erfüllte mich Furcht und Betrübnis wie vor einer Krankheit. Und ich konnte mich lange nicht bewegen, mich ernsthaft mit der Liebe zu beschäftigen. Und so blieb ich fröhlich und ruhigen Herzens.

***

Ein lebhafter Drang in mir ist der Bildungstrieb. Ihm danke ich viel Gutes und Böses. Es schien mir nach einiger Zeit meinem Alter unangemessen, keine Kenntnis von einer so weitverbreiteten menschlichen Tätigkeit wie der Liebe zu besitzen und hinter meinen Altersgenossen zurückzustehen. So machte ich mich auf die Suche nach der Liebe. Bei den Männern, an die ich mich wandte, – anerkannt vernünftigen Männern in leitenden Stellungen, zum Teil in Ministerien, zum Teil in Fabriken und Banken, – erregte ich ein Lächeln, wenn ich sie nach der Liebe fragte. Einige sagten mir geradezu, es sei nur eine müßige Rederei darum. Andere hielten die Liebe für eine Sache von Leuten, die nichts zu tun haben, und überließen sie ihren halberwachsenen Töchtern, die sich damit zu beschäftigen hatten, – mit den Klassikern, dem Klavierspielen und der Liebe.

Dies war, was ich von den Weltkundigen erfuhr. Als mir von ihnen nichts weiter zuteil wurde, ging ich, niedergeschlagen über die widerspruchsvollen Berichte, mit mir zu Rate und machte mich selber auf den Weg. Und dieser Entschluß blieb von höchster Bedeutung für mein ganzes folgendes Leben. Ich versetzte mich nach und nach auf die Liebe, ich wollte mich ein für allemal mit ihr abfinden; es war mir ernst darum.

Es wurde mir gesagt, es handle sich bei der Liebe nicht um die eingeborene Not des Mannes zum Weib, die mir nicht unbekannt war, sondern um viel Höheres, Zartes, Feines, von dem man in den Worten der Prosa nicht sprechen kann. Dieses schwer Beschreibbare zu finden machte ich mich auf den Weg.

Auf meinen Spaziergängen durch die Straßen, in verschiedenen Städten und Ländern, betrachtete ich mit Fleiß die Menschen, die jungen und alten Menschen, kleine Mädchen, Soldaten, Offiziere, Kommis.

Systematisch und mit großer Umsicht ging ich vor, um zu einem Verständnis des fraglichen feinen Vorgangs zu gelangen. Ich suchte die Städte auf, in denen die Liebe besonders hausen sollte, und ließ meinen Blick nicht von den Menschen. Die Liebe mußte doch in irgend etwas Besonderem zum Ausdruck kommen; und ich bemühte mich vergebens, dies aus der Menge herauszufinden. Die Kleidung der Vorübergehenden, die Farbe ihrer Röcke, Blusen, Jacken, habe ich im Besonderen durchmustert; aber ich fand nichts Auffälliges, und mir wurde auch nicht klar, worin dies Besondere bestehen könnte, ob in einer eigentümlichen Stiefelform oder einer spitzen Nase oder einer Krawatte. Meine Freunde, denen ich meine Beobachtungen mitteilte, lachten wie verrückt über mich, warfen stolz dunkle Bemerkungen hin wie »seelische Sache, die man nicht sehen kann; fühlen, fühlen, dreimal fühlen«. Aber sie waren oberflächlich, begnügten sich an diesen Worten und wußten nicht, daß hier gerade mein Problem lag. Sollten sie mir ihre Gefühle bezeichnen, so umschrieben sie immer teils ihre sehr einfache Not zum Weibe, teils gebrauchten sie jene überzarten poetischen Wendungen, über die ich den Kopf schüttelte.

Erfolglos war meine Suche gewesen und unbeirrt war ich meines Weges gegangen. Aber durch die ewigen Anspannungen war ich aufgeregt geworden. Ich fühlte mich unsicher und geängstigt. Schwächlich, wie ich war, fühlte ich mich zurückgesetzt, – so töricht war mein Herz, – wie ein Krüppel schlich ich herum und sah auf der Straße den Leuten bettelnd ins Gesicht. Und so groß war das Unglück in mir, daß auch meiner Schwester, bei der ich wohnte, meine schlaffe Haltung auffiel. Übrigens aß und trank ich, wie sonst. Wie mich überhaupt alle Schwermut nicht um meinen Appetit brachte, und ich immer meine Pflicht tat.

***

Ich habe eine natürliche Neigung zu den Frauen, zu allen Frauen, noch mehr zu allem, was Frau ist. Es fiel mir schon ganz früh auf, daß ich einen höflichen, ehrerbietigen Ton anzuschlagen pflegte, wenn ich zu kleinen Mädchen, zu ganz kleinen Babys im Steckkissen sprach. Oft erregte ich bei den Kindermädchen und den Ammen ein Gelächter, wenn ich mit meiner großen breiten Figur, elefantenhaft wie ich bin, an die Kinder herantrat, den Zylinder vor den spielenden Mädchen abzog und so pappelnde Geschöpfe mit »Sie« anredete. Wenn ich mich über sie bückte, überkam mich etwas wie Scheu, Herzklopfen, und das Wasser lief mir im Munde zusammen, stromweis, wie immer, wenn ich erregt bin. Ich bemühte mich, in vorteilhaftem Lichte bei ihnen zu erscheinen; und um dies zu können, beschäftigte ich mich auch viel mit Kinderpsychologie. Manchmal, wenn ich solchem säugenden Wurm in die unbeweglichen blinden Kinderaugen sah, stieg ein dunkles Grauen in mir auf, welche Gewalt hier schlummerte; und in meinen Fingern zuckte es, eine entsetzensschwangere Zukunft im Keime zu ersticken.

Des Lachens über mich wird aber kein Ende sein, wenn ich gestehe, daß ich auch den toten Dingen, welche die Sprache weiblich nennt, die Verehrung entgegenbrachte. Allerdings nur in manchen Augenblicken. Ich betrachtete oftmals in meinem Zimmer meine grüne Tischlampe mit Respekt, zog mich vor ihr zurück, hütete mich, sie zu berühren; und abends legte ich gar ein weißes Linnentuch über sie, weil ich mich beim Ausziehen vor ihr schämte. Und so schlich ich auch manchmal unsicher um mein Spind herum und ehrte es nach langem Zögern durch eine tiefe Verbeugung und mit verbindlichem Lächeln; es hieß besser, so entschied ich mich: die Spind. Für mich hieß es so.

Dunkler färbte sich später meine Neigung zu den Frauen. Es gibt nichts, das so bemitleidenswert wäre, als eine Frau. Einmal sah ich, wie eine Hündin, die langsam vor mir herlief, ihr Blut verlor, das bald tropfenweise, bald dickfließend auf dem Straßenpflaster liegen blieb, wo die Hündin gelaufen war. Die lange, unabsehbare Blutspur rührte, erschütterte mein Herz. Mir traten die Tränen in die Augen, wenn ich Frauen ins Gesicht sah. Kaum daß die jungen unbewußten Geschöpfe anfangen zu erstarken, überfällt sie ihr Ungemach, unablässig wiederholt, und sie triefen vor Blut. Und ihr Blut strömt, bis sie verwelken. Die Kindsnöte treten an sie heran, zerbrechen ihren Leib und machen sie lahm vor der Zeit.

Gibt es nun ein Geschöpf, das elender wäre als eine Mutter? Ich kann mir keinen Menschen denken, der so tief verwundbar wäre, wie eine Mutter in ihrem Kinde. So preisgegeben und arm ist kein Wesen als eine Mutter.

Sollen nicht meine Worte weich im Munde werden, wenn ich zu Frauen spreche? Aber ich hab solche Worte nie gesprochen; ein Dichter und Menschenkenner würde vielleicht fragen warum. Vielleicht bin ich zu träge von Natur.

Oft begegneten mir doch Frauen, die mir auffielen, als ich auf der Suche nach der Liebe war, denen ich glaubte, etwas sagen zu müssen; aber ich rührte keinen Finger um sie. Ich sah ihnen verstohlen zu, beobachtete ihre Bewegungen, ihre Art zu sprechen, zu lachen und zu blicken, und etwas wie Bängnis drückte mir die Brust zusammen, drehte meine Augen von ihnen ab zur Seite. Mit keinem Laut verriet ich mich ihnen, ja den leisen verträumten Gedanken an sie verbot ich mir. Mir müssen, glaub ich, die Dinge zufallen, die ich begehre, und auch dann würde ich mich scheuen sie aufzuheben. Schamlos ist nicht nur das Entblößen des Leibes; jedes Wort, jede Bewegung verrät uns. Und so drückt uns die Scham in den Erdboden hinein; keine Rettung gibt es vor der Scham als den Tod. Und dennoch entblödete sich meine Trägheit nicht, zu leben und weiterzuatmen wie ein Tier.

Oft lief ich unruhig vor jenen Frauen fort, weit in das Gebirge hinauf. Da war Nebel, der mich auf Schritt und Tritt wie eine Kammer einschloß. Bei jedem Windstoß sprang die Tür auf, und ich erquickte mich an den Schluchten, dem Steigen und Fallen der weißen Luft. Oft schritt eine geballte Säule aufrecht mitten durch das Tal und legte sich dann am Abhang hin wie ein langhaariger Windhund mir zu Füßen.

Ich weinte auf meine Weise, ohne Tränen, darüber, daß ich die Liebe nicht finden konnte.

***

Nachdem ich also mit leeren Händen von meinen Wegen zurückgekehrt war, packte mich der Überdruß wilder, und ich zog auf die Frauen los, entschlossen zu lieben.

Ich war umsonst die Menschen um Rat angegangen, hatte vergeblich nach den Merkmalen der Liebe geforscht und mir die Augen krank gesehen; ich drang jetzt zu den Quellen vor; ich bot mich selbst zum Versuch an.

An welches Mädchen ich mich aber wenden sollte, wußte ich zuerst nicht und fragte meine Freunde. Sie sagten, daß dies nach alter Erfahrung im Grunde gleichgültig sei und erzählten mir von einem Mädchen, das viel liebte, viel geliebt wurde und sehr heroisch sein sollte.

Ich machte mich auf den Weg zu ihr; gewann Zutritt zu ihrer Wohnung, und fragte sie zunächst entschieden, im Verfolg meiner früheren Untersuchungen, nach dem objektiven Tatbestand der Liebe, mit dem Ernst, der sich für einen Mann ziemt, woran die andern erkannten, daß sie viel liebte. Sie lächelte heroisch.

Aber auf den Rat meiner Freunde sagte und tat ich an ihr einiges, was ich oft zu beobachten Gelegenheit hatte; es gelang mir auch bald, in ihr dadurch den Eindruck hervorzurufen, als ob ich sie liebe. Sie machte von nun an in meiner Gegenwart die eigentümlichen Körperbewegungen, Gebärden und Grimassen, die mit Liebe identisch sein müssen; respektive offenbar deren Eigentümliches ausmachen. Leichtes Gleiten der Handflächen über meine Wangen, oft wiederholt, nach Art des Staubwischens, Saugbewegung der Lippen mit Speichelbenetzung meines Mundes, Knurren und Winseln der Stimme, enges Pressen der eigenen Glieder im allgemeinen an die des Gegners. Dazu stereotypes Wiederholen einiger gedankenloser Redensarten, später Unsauberkeit und Sichgehenlassen, was ein hoher Beweis der Liebe sein soll. Ich beobachtete diesen Zustand mit großem Interesse einige Zeitlang. Als mich aber das Mädchen einmal, während sie sich in ähnlichen Bewegungen erging, versicherte, daß ich sie liebe, – wovon sie doch gar nichts wissen konnte, – fragte ich sie bestürzt, wie sie darauf käme und worauf sich diese Behauptung stützte. Denn ich hatte nur den selbstverständlichen Naturtrieb zu ihr bisweilen verspürt, auch öfter Erstaunen, Abneigung und freundliche Überlegenheit. Schließlich bestritt ich es energisch. Worauf denn andererseits die charakteristischen Bewegungen in meiner Gegenwart aufhörten. Ich selbst habe diese Bewegungen nie unwillkürlich geübt, sondern stets mit Absicht und Plan; das Mädchen aber nicht so. Bei anderen Frauen, denen ich gegenüberstand, bemerkte ich den Liebesvorgang ganz ähnlich. Mir war es widrig, mit diesem Weibsvolk umzugehen, aber das Pflichtgefühl trieb mich. Der Vervollkommnungsdrang ist groß in mir. Immer tat ich in der folgenden Zeit zu den Frauen alles, was ich je gelesen und gehört hatte; sehr freundlich war ich zu ihnen. Ich küßte ihnen Mund und Brüste und wartete mit viel Geduld, ob bei mir die Liebe kommen würde; ich ließ auch einige unsittliche Redensarten fallen, wie es sich im Gespräch mit jungen Damen ziemt. Aber trotzdem ich mich bei dieser Tätigkeit sehr anstrengte, wartete ich vergeblich auf das einzigartige viel gerühmte Empfinden. Unsäglich rieb ich mich auf. – Ich berichte dies alles nur, damit man sieht, daß ich ein Recht habe, hier diese Klagschrift zu verfassen. Nichts habe ich unterlassen; so viele Wege bin ich gegangen; was ich suchte, hätte mir begegnen müssen.

An jenen Frauen, die mich mit Bängnis erfüllten, ging ich auch in diesen Tagen oft vorüber; und eine bemühte sich damals um mich und schickte mir einen freundlichen Brief wegen meiner großen Traurigkeit. Ich wollte mich ihr erst offenbaren und ihr schreiben, daß ich traurig sei, weil ich die Liebe nicht finden kann. Dann dachte ich in meinem Arbeitseifer sogar, mit ihr die Versuche anzustellen, aber mir schlug bei dem Gedanken das Herz bis in die Kehle hinauf, die Brust war mir zusammengeschnürt, und ich hielt den Atem an.

Es war doch aussichtlos. Ich hatte mich so lange vergebens bemüht.

***

Es wurde mir klar, daß die Frauen mir die Zeit stahlen. Jene anfängliche Auskunft, daß die Liebe eine müßige Rederei sei, hatte mich nicht betrogen. Ich schreibe eine Klag- und Warnschrift. Kann einer aufstehen und mir das Recht dazu absprechen? Ich bin gesund und habe keinen Grund anzunehmen, daß mir etwas versagt sein könnte. Ich war immer ein geschickter Mensch, der sich wohl anstellte, selten etwas vergriff und überall eine flinke Hand zeigte.

Und ich verstehe jetzt auch das Spiel der Frauen. Die Männer sind stärker als die Frauen: sie könnten sie totschlagen und lassen sich von ihnen elend machen. Durch die perfide Einrichtung der Liebe geschieht das. Die schützt die Frauen. Dieses Lügenwort ist gewaltiger als eiserne Muskeln. Ich bin zu vernünftig, um mich fangen zu lassen. Diese außerordentlich verderblichen und hassenswerten Wesen machen die Männer zu Narren und zu Schauspielern. Denn auch von den Männern, – dies sag ich hell heraus, – weiß niemand, was die Liebe ist, von der ihr betrogener Geist redet. Keiner kennt die Liebe, aber jeder spielt sie, aus Angst vor den Frauen. So mutlos hat die Überlieferung die Männer gemacht, so gewaltig ist die Kraft des Betruges.

Es müßte von Staatswegen gegen die Liebe eingeschritten werden, wie gegen den Alkohol und die Tuberkulose. Es müßte das natürliche Verhältnis zwischen den Gegnern wieder hergestellt werden. Man bringe die Frauen zum Schweigen. Ich bin für einen gutgeschulten Stamm von Dirnen; es ist für den Augenblick ebenso nötig, Dirnenakademien zu errichten wie neue Eisenbahnlinien anzulegen. Schweigen und Delikatesse sollte in den Akademien gelehrt werden, dazu rasches Verständnis für einige Dinge, lieblicher Gang, Stimmmodulation, Singen, aber auch Stöhnen und Lispeln. Was jetzt einzelnen isoliert gehört von den Künsten des Leibes, könnten viele lernen. Unendliche Massen von Energie bei den Männern würden damit frei für andere, kulturfördernde Tätigkeit; die Kunst der Genüsse, von einer Gemeinschaft und auserlesenen mit Sorgfalt gepflegt, würde in kurzer Zeit eine unerhörte Blüte zeigen. Allmählich müßte die Liebe aus der Welt gedrängt werden. Es ist wichtiger als die Bewegung der Frauen um das Brot – die Bewegung der Männer gegen die Liebe, gegen dieses schwere unwürdige Joch. Das natürliche Verhältnis, wie ich mich oben ausdrückte, zwischen Mann und Weib, muß wiederhergestellt werden.

Mit lauter Stimme rufe ich gegen den Feind, der im Dunkeln mordet. Schon jahrhundertelang.

***

Ich habe auf meiner Suche etwas gefunden: Das Aufwaschmädchen in dem Hotel, wo ich wohne. Sie ist bucklig, ein dickes quadratisches Gesicht mit hündischen Augen und aufgeworfenen Lippen. Ich habe etwas ähnliches von liederlichem Gang und verwahrloster Kleidung nie gesehen.

Wenn sie mich auf dem Korridor sieht, während sie in der Küche mit hoch aufgekrämpelten Ärmeln vor der Wanne steht, wulsten sich ihre Lippen, sie reibt sich mit dem linken Handrücken die aufgestellte Nase und grinst.

Die Frauen sind alle gleich.

Es setzte mich erst in Erstaunen, dieses Grinsen, daß mich etwas wie Bitterkeit überkam, Bitterkeit, – nein, es ist nicht das rechte Wort: Wut und Schmerz. Ich drohte ihr mit den Fäusten, als sie lachte, und stürzte auf sie zu. Was dachte sie von mir? Ich bin ein freier Mann. Die Frauen sind alle gleich. Entweder sie lächeln mich an, so daß ich Lust habe, ihnen ins Gesicht zu schlagen, oder sie werfen um sich jenes zeitraubende, wortreiche Wesen, als ob es sich um die Erteilung des heiligen Sakramentes handle: sie spielen die Liebe, die schlauen Sklavinnen, die verlogenen Herrinnen durchschaue ich. Ich durchrieche sie, durch alle Parfums durchrieche ich sie. Jeder, der eine Nacht bei einem Frauenzimmer zugebracht hat, – ich will ganz deutlich sprechen, – weiß, was ich meine; er kennt den eigentümlich scharfen abscheulichen Geruch, der um ein Weib liegt; die Sklavinnen sind gebrandmarkt von Natur. Diesen Dunst nun roch ich gleich, als ich neben ihr stand, neben dem Waschmädchen. Sie war echt. Mir floß das Wasser im Munde zusammen: die Frauen bereiten mir Übelkeiten. Ich habe sie in der Küche hinter mir her auf mein Zimmer gezogen, weil ich nicht wußte, was anderes nach diesem Lächeln mit ihr geschehen sollte. In meinem Zimmer aber warf ich sie hin. Sie wand sich: sie verriet das Weib an mich. An der Quintessenz der Frau, an dem niedrigsten Weibe schmauste ich mit höhnenden Worten, und schändete sie. Wie lache ich über die Liebe! Die Frauen zogen in meinen Gedanken an mir vorüber, die ich kannte, die ich verehrt wußte, auch die mich in Bängnis versetzten: die schlanke, mit dem blonden hochgekämmten Haar, die zarte, leicht schwindsüchtige, oh sie trug eine schwarze niedrige Pelzmütze, – die stolzen Tiere zogen an mir vorüber. Ich saß in meinem Winkel mit dem Waschmädchen und schändete all die schlafenden. Sie konnten mich nicht sehen, konnten mir das stumpfe, ahnungslose Geschöpf nicht entreißen und sich vor der Schande retten.

Oh wie bin ich fromm; ich bin sehr fromm.

Als das Mädchen zu mir zutraulich wurde, geriet ich in eine maßlose, ganz furchtbare Wut, warf sie zur Tür hinaus und stieß mit der Hacke in ihr breites Gesäß. So wütend war ich. Ich habe sie auch später angeschrien, ihr gedroht, sie verzweifelt geohrfeigt und an ihren Haaren gerissen, ohne eine Freude und Erleichterung dabei zu fühlen. Aber meist weinte ich nachts stundenlang in meiner Weise, ohne Tränen, an ihrer Brust.

***

Die Bilder an der Wand. Ich gehe kühl an ihnen vorüber. In welchen Krämpfen hat sich dieser Mann gewälzt, als er das Bild malte. Und die Musik. Ich halte mir die Ohren zu. Wie teilnahmslos ich geworden bin; wie tief sich, was ich gelernt habe, in meine Brust eingegraben hat. Ich schäme mich für diese Männer. Sind alle besiegt; sind betrogen, und aus ihrer Tugend haben sie eine Not gemacht, die Not zum Weibe. Sollten die Weiber im Kampfe hinschmettern und tänzeln zahm. Vergiftetes Blut fließt in ihren Adern.

Mein Blut ist rein, ist rein.

***

Ich laufe über die Berge.

Sie stehen glänzend da im Morgenlichte.

Der Schnee überbürdet sie. Der Schneeberg steht da wie eine Braut, will gelobt sein.

Ich laufe über ihn hin. Von allen Seiten, von allen Ästen brechen die glitzernden Zapfen auf mich herunter, reißen mir den Hut vom Kopf, fahren mir in den Nacken. Der Schnee liegt hoch; ich sinke schon bis zu den Knieen ein.

Wie's mich freut, daß alle Reichtümer und Schönheiten vor mir ausgebreitet liegen, und ich mit meinen blinden Hacken kann auf sie trampeln.

Ich habe mich sonderbar verändert, seitdem ich auf die Menschen ausgezogen bin. Ich hab mich wohl verrannt darin.

Oh mich ekelt's vor den Menschen.

Ich hasse die Weiber; ich hasse, hasse, hasse sie, daß ich weinen könnte, vor Wut über sie, über die Hündinnen, die verfluchten. Die Irren beneide ich; sie glauben doch noch an ihre Halluzinationen. Mich treibt nichts mehr zu arbeiten, nichts mehr zu lachen, nichts mehr zu atmen.

Mich deucht, als hätten sie mich verdorben. So haben sie mich doch noch vergiftet.

Mir ist so angst. Ich mag nur laufen. Mein Gott, so hilf mir.

Ich laufe durch den Schnee.

Nun weiß ich, daß ich mich verlaufen habe.

Gelt, ich setz mich in den weichen Schnee. Komm ich herunter, komm ich nicht herunter? Ich will's an meinen Knöpfen abzählen. Der süße Schnee.

Mein Gott, hilf meiner kranken Seele bald.

Alfred
Döblin
Das Stifts-
fräulein und
der Tod
Schnitte von
E.L.Kirchner
Verlag A.R
Meyer

DAS STIFTSFRÄULEIN UND DER TOD

Das magere grauhaarige Fräulein hatte die Hyazinthengläser beiseite geschoben, den linken Ellenbogen auf das Fensterbrett gestützt und saß gebückt in dem Schneelicht da. Draußen schmolz in dem Vorgarten ein grelles Weiß, von Fußspuren durchbrochen, langsam ab unter der Mittagssonne; dünne schwärzliche Wasser rieselten um die Bäume. Und wie das gebückte Fräulein die schwärzlichen Wasser verfolgte, da wußte sie auf einmal, daß sie bald sterben werde.

Sie nahm den linken Ellenbogen vom Fensterbrett, legte die feinen Händchen zusammen, preßte den Rücken an die Stuhllehne. Steif saß das Fräulein hinter den Hyazinthengläsern. Als die Glocke anschlug, ging sie zu Tische, nahm einen Bissen und legte die Gabel hin. Sie ging aus dem Speisesaal hinaus. Sie saß auf ihrem Zimmer. Den Tag über saß sie auf ihrem Zimmer, in einer Ecke, das verfallene Gesicht nach der Wand zu. Das Schneelicht, das ins Zimmer fiel, wurde matt; auf der Tapete verrauchten die Farben. Zwei zuckende Hände hoben im Dunkeln den Zylinder von der Lampe; die Lampe wurde heftig wieder gelöscht. Kleider fielen auf den Boden. Sie atmete im Bett, stockend, jetzt schnell, jetzt tief. Sie lag die Nacht über mit offenen Augen da. Ihr Gesicht bewegte sich nicht im Dunkeln. Der Mond trat gegen Mitternacht vor ihr kleines Fenster. Weiß blieb er die halbe Nacht da stehen, und erst, als es halb vier schlug, wandte er sich ab.

Am Vormittag ging sie gebückt, in ihrem schwarzen Kleide mit den engen Ärmeln, gleichmäßigen Schrittes durch den Park hinter dem Stift. Unter kahlen Bäumen ging das Fräulein neben ihrer aufgeschossenen Freundin. Ab und zu sprach sie, hob die faltigen Lider von den Augen, die schon mit einem Hauch beschlagen waren. Gleichgültige Sätze wiederholten sich.

Als der Mond in der Nacht vor ihr verhängtes Fenster trat, schwankte das Bett des Stiftsfräuleins. Ihre Finger ballten sich an beiden Kanten fest; sie zitterte, drückte sich an das Lager an, gegen Morgen stöhnte sie oft. Oh, der Klumpen wimmerte, unter die Decke verkrochen, und schlief erst, als es schon hell war.

Eine Unrast lag tags darauf in ihrem Tun. Sie schlang die Mahlzeit herunter, sprang oft auf, schwatzte, wie sie es nie getan, brach in ihren Reden ab und nestelte an sich herum. Lange blieb sie im Speisesaal sitzen, mit schlaffen Schultern, über sich gebückt. Sie ging an dem Tage nicht auf ihr Zimmer. Abends bat sie vergebens ihre Freundin, bei ihr zu schlafen. Es war darauf, als ob einer das Stiftsfräulein über die Schwelle schöbe. Sie riegelte rasch hinter sich ab, schloß das Fenster, besprengte die Wände mit Kölnischem Wasser, stellte auf Tisch und Ofen, zu Füßen des kleinen Muttergottesbildes in der Ecke, Blumen, blühende Blumen, soviel sie finden konnte; auch weiße und blaue Decken, die sie in ihrem Schrank hatte, und legte sie über ihre Stühle. Dann saß sie plötzlich zu langem, blöden störrischen Weinen nieder.

In der Nacht tickten die Uhren im Zimmer. Zwei hingen da; die eine schluckte behäbig die Zeit und blökte halbstündlich, dann war sie satt, aber kaute weiter; daneben gluckste die Schwarzwälderuhr, sie schlackerte, keinen Atem ließ sie sich und überschlug sich fast, wenn sie ihr armseliges Geschrei ausstieß. Das Fräulein sprang aus dem Bett und hielt die Pendel fest. Während sie wieder unbewegt lag, zuckte es in der kleinen Uhr, verzog sich das Ge-

Das Stiftsfräulein am Nähtisch

Das Stiftsfräulein am See

Stiftsfräulein im Garten

sicht der großen zu einem Grinsen. Da warf sie die Kleider um, lief aus der Tür hinaus, in den Park. Ihre Augen hingen an den schwarzen, wirren Sträuchern: »Ich muß sterben, ich muß sterben.« Stehend am Wasser, das im Morgendämmer dampfte, sah sie stier mit flimmernden Blicken vor sich. Sie watete mit lautem Keuchen und Schreien, mit krampfhaft geschlossenen Augen hinein, patschte mit den Händchen, den dürren, auf das Wasser, drehte sich plötzlich um, floh zwischen den schwarzen Bäumen in das Haus zurück. Das alte Fräulein blieb vor ihrem Fenster stehen. Als es heller wurde, zuckte es noch einmal öfter um ihren Mund, zitterte sie wieder an allen Gliedern, schlossen sich die Lippen aufeinander, fiel sie auf das Bett hinter sich. Aber wie ein Klotz drängte sie sich in der Mitte des Bettes zusammen. Ihre Kiefer waren zusammengebissen. Sie stöhnte. Die Augen blitzten bald gegen das Fenster, bald gegen die Türe. Stumm zog sie die Decke über sich.

In den nächsten Tagen ging sie still einher, besprengte noch abends ihr Zimmerchen mit wohlriechenden Gewässern, nahm aber allmählich ihr altes Tun wieder auf. Beten, Sticken, Kartenspielen. Auch saß sie wieder lange allein hinter ihren Hyazinthengläsern. Dort lächelte sie jetzt auch ab und zu schauernd in sich hinein. Sie sprach noch weniger, als sie sonst getan, mit den anderen Damen, so daß unter denen ein Gerede über ihr hochmütiges Wesen entstand. Der Blick, mit dem sie bei Tisch die Damen streifte, hatte in der Tat bald etwas Verwundertes, bald etwas stechend Überlegenes.

Nun wurden die Tage wärmer. Jetzt spazierte sie stundenlang dichtverwachsene Parkwege; wo sie ging und stand, ging ein Träumen herum. Weinte hin und wieder, in einer weichen, strömenden Weise, die wie ein junges Lied klang. Dann betrachtete das alte Mädchen die Runzeln ihrer Hände, wischte vor dem Spiegel an der trockenen

Sterbendes Fräulein

schlaffen Gesichtshaut, betastete die mageren Brüste und wühlte an ihnen herum. Regungslos stand sie beim Ausziehen fast eine halbe Stunde so da. Lag sie dann, so fröstelte sie wohl wie früher, wollten sich ihre Finger an den Bettkanten festkrampfen, bald aber rückte sie jetzt an die Wand, ließ einen kleinen Platz neben sich, den sie zögernd mit dem Arm bedeckte, dann nahm sie ihn wieder weg, legte ihn wieder herüber, es war ein Spiel. Die Arme gegen die Brust gepreßt, das heiße magere Gesicht nach der leeren Stelle des Kissens gewandt, den Hals vorgestreckt. Wie in den ersten Nächten schüttelte sich ihr dürrer Leib, bald tasteten ihre Finger über das Kissen, spitzten sich ihre Lippen.

Als nun die grünen Blättchen auf allen Wegen lagen, putzte sie sich für ihre Spaziergänge, legte eine hellblaue Bluse an; in den Händen mit weißen Handschuhen Blumen, Reseden, die sie sich abschnitt, langstielige Rosen. Sie ging elastischer und gerader im Grün. War sie im dichten Gebüsch unbelauscht, so knixte sie artig, kicherte in ihre Blumen hinein, tänzelte mit süßem Mündchen. Ja, leichte Briefe schrieb sie auf Rosepapier, die fingen an: »an meinen lieben strengen Herrn, den Tod«, Briefe voll verschämter Anspielungen, kokett und scherzhaft; sie zeigte sie gegen ihr offenes Fenster, legte sie nachts unter ihre Schwelle, vergrub sie im Gebüsch. Die Stiftsdamen sahen ihr oft vom Hause aus nach; den Menschen, für den sich das grauhaarige Fräulein putzte, fand keine. Allein sah man sie immer irgendwo schlendern und stehen; mit einer protzenhaften Miene ging sie an den neugierig schielenden Damen vorüber; die Damen sagten von Tag zu Tag überzeugter zueinander, daß das Fräulein sündige Gelüste trage, berieten hin und wieder, sie aus ihrer Gesellschaft auszuschließen.

Indessen rückte das Frühjahr vor, wärmer und wärmer

wurde es. Und eines Abends kam das alte Stiftsfräulein von ihrem Spaziergange auf ihr Zimmer, mit rotem Klee, den sie sich gepflückt, vielen Weidenruten und Maikätzchen. Ihr Gesicht strahlte. Sie sang mit leiser Stimme vor sich hin; Türe und Fenster ließ sie auf. Die Blumen legte sie unter das Bild der Jungfrau Maria. Als sie die Blumen aufgebaut hatte, erschrak sie vor dem Bilde der Gebenedeiten, fiel nieder und betete. Mit einem schalkhaften Lächeln aber hing sie die Zweige und das Grün zu Häupten des Bildes auf, so daß das Gesicht der Himmelskönigin ganz versteckt war.

Sie trällerte noch mit blühendem Gesicht in die warme Frühlingsnacht hinaus, legte sich hin.

Sie schlief ein. Wachte im Finstern auf. Wuchtige Schritte im Zimmer. Das Bett krachte. Mit einem Satz schwang sich der Tod neben sie ins Bett. Da war ein Platz frei. Er griff nach ihren Knieen. Sie stieß um sich. Wie ein Bauernlümmel schlug er mit flacher Hand auf ihre Schultern. Da fiel die geballte Faust auf ihre Brust, den Leib, den Leib, und wieder auf den Leib. Ihre Lippen flehten. Ein Würgen kam. Die Zunge fiel in den Rachen zurück. Sie streckte sich.

Da stand der Tod auf und zog das Stiftsfräulein an ihren kalten Händchen hinter sich her zum Fenster hinaus.

ANHANG

NACHWORT

Mit den 1903-1911 entstandenen Novellen *Die Ermordung einer Butterblume* schuf Alfred Döblin Kleinode expressionistischer Prosa, noch bevor diese ›Ausdruckskunst‹ sich als Stilrichtung formiert hatte. Döblin selbst bezeichnete die Erzählungen als »phantastische, burleske und groteske Stücke« (SLW 307). Charakteristisch für den Erzählzyklus sind exzentrische Typen oder Menschen in Grenzsituationen, unlogische, diskontinuierliche, stark komprimierte Handlungsabläufe, das ›Bauen‹ von Bildern mit Tiefenstruktur, schneller Perspektiv- und Szenenwechsel und beschleunigtes Tempo. Materie wird belebt und Natur personifiziert, durchgängig ist die Farbsymbolik. Strenge Sachlichkeit findet sich neben surrealen Elementen und greller Phantastik. Die Protagonisten sind Anti-Helden, die sich nicht zurechtfinden. Strukturbestimmend ist der Zufall, die Unberechenbarkeit des Handelns, die Konfrontation mit unglaublichen Dingen. Widersprüche, bruchlose Übergänge in verschiedene Ebenen spiegeln das dauernde Changieren von Handlungen und Wahrnehmungen. Die Rezensenten der Neuerscheinung von 1913 empfanden das fremdartig-schockierende, »schreckhaft Unbürgerliche« der *Butterblumen*-Novellen;[1] gleichzeitig war allen bewußt, daß hier ein großer Sprachkünstler die deutsche Literatur bereicherte.

1 *Alfred Döblin im Spiegel der zeitgenössischen Kritik,* hg. v. Ingrid Schuster und Ingrid Bode (Bern: Francke 1973), S. 12.

Döblin hatte bereits als Berliner Gymnasiast angefangen zu schreiben[2] und beschäftigte sich intensiv mit Philosophie, vor allem mit Schopenhauer und Nietzsche. Zu seinen literarischen Vorbildern zählten Dostojewski, Kleist und Hölderlin. Weil seine Familie es von ihm erwartete, begann er 1900 das Medizinstudium. Zur Pflicht kam die Neigung, »denn hier konnte ich Naturwissenschaften treiben und bekam auch den realen Menschen zu sehen.« (SLW 359) Daneben vertiefte er seine ausgezeichneten Kenntnisse der Antike, besuchte philosophische und literarhistorische Vorlesungen, organisierte Lesungen und war Vorsitzender einer literarischen Studentengruppe. 1900 lernte er den vielseitig begabten Musikstudenten Herwarth Walden kennen, den späteren Herausgeber der expressionistischen Zeitschrift *Der Sturm.* Es entwickelte sich eine langjährige Freundschaft. Wie mit einer Wünschelrute, so sagte man von Walden, habe er die großen unbekannten Dichter, Musiker und Maler seiner Zeit gefunden und gegen die herrschende Kunstkritik in Schutz genommen. In diesem ersten Kreis des Promotors der Moderne lernte Döblin dessen damalige Frau kennen, die Lyrikerin Else Lasker-Schüler, ferner Peter Hille, Richard Dehmel, Frank Wedekind und Erich Mühsam. Die Künstler inspirierten einander und mokierten sich über die »Götzen der Bourgeoisie«, Gerhart Hauptmann, Stefan George und auch schon über Thomas Mann (SLW 290). Politik betrachtete man als »Angelegenheit der Spießer. Gegen Musik und Literatur kam sie nicht auf. Es war die ruhige Zeit des Kaiserreichs.« Wie bei anderen Zeitgenossen sollten erst

2 *Jagende Rosse. Der schwarze Vorhang und andere frühe Erzählwerke,* hg. v. Anthony W. Riley; mit zwei Erzählungen aus dem Jahr 1901, *Adonis* und *Erwachen,* die Döblin aus dem Novellenzyklus ausschied.

der Weltkrieg und die Revolution in Rußland Döblins politisches Bewußtsein wecken.

Döblin stellte fest, es habe niemanden gegeben, der ihm »geistige Geburtshilfe« hätte leisten können (SLW 289). Was meinte er damit? Ein Beispiel für seine Eigenständigkeit ist die Auseinandersetzung mit der damals sehr einflußreichen Philosophie Friedrich Nietzsches. Als Primaner war Döblin von der Lektüre Nietzsches überwältigt; doch er verfiel nicht wie viele Zeitgenossen, etwa Richard Dehmel, der Nietzsche-Schwärmerei. Er studierte Nietzsche eingehend und setzte sich schon 1902/03 in Aufsätzen kritisch mit seinen Schriften auseinander.[3] Spuren der Nietzsche-Lektüre finden sich zahlreich im *Butterblumen*-Zyklus, es ist jedoch immer ein distanzierter Umgang damit zu bemerken. Döblin hatte die Brisanz von Nietzsches Begriffen erkannt, wie »Wille zur Macht«, »Herren- und Sklavenmoral« und »Übermensch«.

Noch während der Berliner Studienzeit entstand der Roman *Der schwarze Vorhang*, aus dem *Mariä Empfängnis* 1903 ausgeschieden wurde. Im Frühjahr 1904 wechselte Döblin an die Freiburger Universität, um sein Examen vorzubereiten. Die Semesterferien verbrachte er jeweils in Berlin. An Walden schrieb er: »ich arbeite wie ein Steinklopfer [...] Es ist ein bissel viel: zugleich Examensarbeit, Doktorarbeit, Poeterei und Philosophie.« Parallel zu seiner Dissertation, die zwei Fallstudien einer Psychose auswertete,[4] entstanden die Freiburger Novellen *Astralia, Die Memoiren des Blasierten, Die Ermordung einer Butterblume* und *Das Stiftsfräulein und der Tod.* »Daß ich nun als Mediziner

3 *Der Wille zur Macht als Erkenntnis bei Friedrich Nietzsche* sowie *Zu Nietzsches Morallehren* (KS I), s. A. W. Rileys Nachwort ebd., S. 434ff.

4 Ausführlich zu Leben und Werk sowie zur Bibliographie der Forschung s. Gabriele Sanders Monographie, *Alfred Döblin* (Stuttgart: Reclam 2001).

mich in den Kliniken herumbewegte und beobachtete, ging in merkwürdiger Weise zusammen mit meiner literarischen Neigung, mit dem Phantasieren, und es ergaben sich da die ersten besonderen Verschmelzungen.« (SLW 359) Döblin war bekannt mit Sigmund Freuds psychoanalytischer Schule, jedoch war es die deskriptive Methode der Psychiatrie, die seinen wissenschaftlichen Neigungen und künstlerischen Absichten entgegenkam: »Man lerne von der Psychiatrie, der einzigen Wissenschaft, die sich mit dem seelisch ganzen Menschen befaßt: sie hat das Naive der Psychologie längst erkannt, beschränkt sich auf die Notierung der Abläufe, Bewegungen, – mit einem Kopfschütteln, Achselzucken für das Weitere und das ›Warum‹ und ›Wie‹.«[5] Wie im Fall von Nietzsche erkannte er Einfluß und Bedeutung Freuds. Aber maßgeblicher als die Teilbereiche Psychiatrie oder Psychoanalyse war für Döblin die Physiologie, die Lehre von der Natur (des Menschen), deren Erkenntnisinteresse er im Sinn antiker Denker auf die Frage nach dem Verhältnis von »Ich« und »Natur« ausweitete. Im übrigen setzte Döblin sich in seiner Prosa häufig über seine eigenen radikalen Postulate hinweg: Die unterschiedlichen Stoffe erforderten ihre jeweilige Schreibweise. Döblins Wandlungsfähigkeit gründet auf seiner experimentellen Offenheit und grenzenlos scheinenden Vielseitigkeit. Dazu liebte er Widerspruch und Polemik. Er spottete gern und hatte einen ausgeprägten Sinn für Humor, der in seinem zweiten, ebenfalls ein Dutzend Erzählungen fassenden Novellenband *Die Lobensteiner reisen nach Böhmen* deutlich zum Vorschein kommt.

Nach der Approbation war er 1905-1911 Assistenzarzt an verschiedenen Kliniken; zuerst an der Irrenanstalt

5 *An Romanautoren und ihre Kritiker. Berliner Programm* (1913), SÄPL, S. 120f.

Karthaus-Prüll in Regensburg. Dort entstanden psychiatrische Gutachten und eine größere Ästhetik in Dialogform: *Gespräche mit Kalypso. Über die Musik* (SÄPL), die für das Verständnis der frühen Erzählungen gute Aufschlüsse gibt. Sie wurde im ersten Jahrgang des *Sturm* 1910/11 gedruckt und zeugt von Döblins Gespür dafür, daß der Umbruch der Moderne sich zuerst in der Musik abzeichnete.

Öffentliches Debüt (und erste Buchveröffentlichung) des revolutionären Epikers Döblin war die Aufführung des Schauspiels *Lydia und Mäxchen* 1905 in Waldens ›Verein für Kunst‹. Dieses Dramenexperiment enthält bereits surrealistische Verfremdungstechniken. 1906 wechselte Döblin an die psychiatrischen Anstalten der Stadt Berlin in Buch, wo er die junge Krankenschwester Frieda Kunke kennenlernte. Er leitete dort auch eine »Beobachtungsstation für Kriminelle« (SLW 215) und verfaßte Aufsätze, die sich mit psychischen Krankheiten wie Wahnbildung und Hysterie befaßten. Im Januar 1908 publizierte er im *Magazin*, einer Zeitschrift Herwarth Waldens, zum ersten Mal eine Novelle, *Das Stiftsfräulein und der Tod,* dann auch Theaterkritiken und journalistische Beiträge, ein Genre, das er lebenslang pflegte. 1908-1911 war er Assistenzarzt an der Inneren Abteilung des Krankenhauses Am Urban in Berlin, woran heute eine Patientenbibliothek erinnert. 1909/10 famulierte dort die Medizinstudentin Erna Reiss, seine spätere Frau. Anfang 1910 war Döblin Mitgründer und mit 40 Beiträgen in den ersten drei Jahren Hauptmitarbeiter der Zeitschrift *Der Sturm,* mit der Walden der Durchbruch gelang. Zum *Sturm*-Kreis zählten neben avantgardistischen Dichtern und Musikern die Maler des *Blauen Reiter* (Marc, Macke, Kandinsky) und seit 1911 die Künstler der *Brücke* (Kirchner, Schmitt-Rottluff, Heckel, Pechstein und Mueller).

Zu den zwölf Novellen

Während Rezensionen der Erstausgabe von 1913 den zyklischen Charakter der Erzählungen hervorhoben, haben spätere Editionen willkürliche Auswahlen getroffen. Die vorliegende Ausgabe folgt in Anzahl und Reihenfolge der Novellen der Erstausgabe von 1913, die keine chronologische ist. Joseph Adler nannte die Erzählungen im *Sturm* »zwölf *symphonische Dichtungen«.*[6] Es ist aufschlußreich, wie Döblin darin die Ablösung von traditionellen Erzählmustern gelingt: durch die Abschaffung von kausalen Verknüpfungen, Diskontinuität, Widersprüchlichkeit der Handlung, aber auch durch neuartige Formen wie den »steinernen« Stil und die zyklische Relativierung, Spiegelung oder Vertiefung der Themen. Typisierungen wie »er«, »der Mann«, »das Männlein«, »sie«, »L«, Ella, Ellen, Maria, Mery deuten darauf hin, daß die Figuren exemplarisch sind. Einzigartig sind jeweils die Vorgänge, die immer neu ins Licht rücken, daß das moderne Subjekt seine selbstgewisse Autonomie verloren hat. Das hochmütige, hybride Ich als »Gott von eigenen Gnaden« ist »zerschlagen, aufgelöst in einen ungeheuren schimmernden Spiegel« (SÄPL 28).

Die Segelfahrt

bildet den Auftakt, entstand allerdings 1910 als eine der letzten Novellen der Sammlung. Sie macht sichtbar, wie Döblin das traditionelle Spektrum poetischer Verfahrensweisen aufnimmt und steigert, wie er künstlerische Motive und literarische Vorbilder in seiner besonderen Mischung ›döblinisiert‹. Auf den ersten Blick steht die Novelle dem

6 *Ein Buch von Döblin,* in: *Der Sturm,* Jg. 4 (1913/14), wie Anm. 1, S. 13.

19. Jahrhundert nah, ihre Struktur ist klassisch streng, Wendepunkt ist die Erschütterung Copettas. Die Kompositionsprinzipien hat Robert Minder geometrisch dargestellt; »sparsame Mittel, um so größer der Kunstverstand, der aus kleinsten Gewichtsverschiebungen neue Konstellationen hervorgehen läßt.«[7] Parataktisch stehen die Sätze nebeneinander. Gleichzeitig verändert Döblin den novellentypischen objektiven Berichtstil in seinen sogenannten Kinostil. Die Fülle der Sequenzen und »Gesichte« evozieren auch Gemälde der zeitgenössischen Kunst: Impressionen des belgischen Badeortes und das Pariser Milieu Toulouse-Lautrecs münden in das zentrale schaurige Bild des aus dem Wasser auftauchenden Copetta, der einem Gemälde Arnold Böcklins entstiegen scheint. Böcklin malte auch *Odysseus und Kalypso*, jenes Gemälde, das Döblin zu seiner Ästhetik *Gespräche mit Kalypso* anregte (SÄPL 616); sie enthält markante Parallelen zur *Segelfahrt*. Auffallend ist die Farbsymbolik, das fünfmal wiederkehrende »graugrüne Meer«, das grelle Licht, das eine »alles durchdringende, mystische, transzendierende Qualität« hat.[8] Keine wörtliche Rede fällt zwischen den Protagonisten. In der sinnsuchenden Figur Copettas schillern Züge Ahasvers und Don Giovannis. Als wollte er seine Vorbilder versammeln, läßt Döblin Homers *Odyssee* oder Ibsens *Frau am Meer* ebenso aufscheinen wie Wagners *Fliegenden Holländer* oder *Tristan und Isolde*. Das bewegte Meer erinnert an Debussys wenige Jahre zuvor entstandene Komposition *La mer*, oder an ein wagnerianisches Leitmotiv – »schwoll wieder an,

7 Vgl. Minders Studie: *Die Segelfahrt von Alfred Döblin,* in: *Gestaltungsgeschichte und Gesellschaftsgeschichte,* hg. v. H. Kreuzer (Stuttgart: Metzler 1969), S. 461–486, S. 461.

8 Helga Stegemann, *Studien zu Alfred Döblins Bildlichkeit* (Bern: Lang 1978) mit ausführlichen Analysen zu allen zwölf Erzählungen, hier S. 36.

schwoll immer wieder ab« (7). In der Reprise folgt die expressive Steigerung: »Unablässig brüllte das Meer, warf sich gegen Steindämme« (15). Das Meer, magischer Bildraum Döblins und Topos der Lebensphilosophie der Jahrhundertwende, ist Symbol der elementaren Macht. Die streng äußerliche Erzählperspektive verlagert sich in der Schlußszene in die Vertikale; das Bild einer Wasserwand verwandelt sich in die Vision eines kosmischen Riesen, dem sich die beiden Menschen anheimgeben.

Die Tänzerin und der Leib

Für die Protagonistin der *Segelfahrt* ist der Tanz ein Entwicklungsschritt, der sie entfesselt. »Der Tanz als Lebenssymbol« (Wolfdietrich Rasch) ist für die Generation um 1900 ein zentrales Motiv. Döblin greift dies wie das triviale Motiv der sterbenden Kindfrau in der zweiten Novelle auf, allerdings in der ihm eigenen Vielschichtigkeit.

Die besondere Symbolkraft des Tanzes liegt darin, daß der Körper zum Ausdruck des Willens wird, Geist und Leib eins werden. Wie bereits der Titel anzeigt, dominiert bei Ella die Gespaltenheit. Sie wurde als Kind »zur Tänzerin bestimmt« (18), lernte ihren Körper zu bezwingen und hat zu ihm wie zu andern Menschen ein distanziertes, liebloses Verhältnis. Die Krankheit führt zum Haß auf ihren nicht-gefügigen Körper und zu dem Versuch, eine »getrennte Wirtschaft« einzuführen (21); dieser Versuch endet im Selbstmord. Die Entwicklung kann als Psychopathogramm gelesen werden (Thomas Anz). Eine philosophische Lesart bietet sich ebenfalls an; es ist ein Gedanke Nietzsches, daß der Leib hohnlacht über den Geist, der sich ihm unterzuordnen hat bzw. ein Teil von ihm ist (Stegemann 81). Bemerkenswert ist die betont distanziertprotokollierende Erzählhaltung, die den dreimal kalkuliert gesetzten Begriff der Kälte in Sprache zu gießen scheint.

Astralia

In dem närrischen Propheten Götting greift Döblin das Messias-Thema der jüdisch-christlichen Tradition auf. In der Periode des Jugendstils um 1900 gab es Astralsekten, die in der beschriebenen Weise Spiritualität zu erlangen suchten. Döblins bildhafte Sprache verdeutlicht in der trotz geballter Kürze wiederholten Körperbeschreibung (»gedrücktes Männlein mit verschrumpeltem gelben Gesicht, entzündeten Augen« 26) die groteske Kluft zwischen Anspruch und eigenem Vermögen. Das Ich ist bedroht und labil, es erlebt sich anders, als es seiner Vorstellung nach sein sollte. Das Scheitern Göttings liegt in seiner Anmaßung begründet. Der schnelle Wechsel zwischen ironischen und nichtironischen Passagen macht jedoch die Zuordnungen nicht so eindeutig, wie es bei erster Lektüre scheinen mag. Joseph Adler schrieb im *Sturm*: »Hier ist die Gewalt eines Romans in den denkbar engsten Rahmen eingepreßt. Das Breite, Ausgesponnene und Weitläufige auf ein in seiner Vollendung unbegrenztes Minimum gekürzt.« (a. a. O. 13)

Mariä Empfängnis

Rezensenten rühmten 1913 die für Döblin ungewöhnlich lyrische Erzählung als »geschriebene[n] Corregio« und »Adagio in Blau« (a. a. O. 9, 14); offensichtlich standen auch impressionistische ›Mädchen im Bade‹ Modell für Döblins »bronzedunkle, rosenzarte, gelbgetönte oder auch schneeige Mädchenleiber« (30). Das Thema der Inkarnation verschmilzt in der Erzählung mit dem der Unbefleckten Empfängnis Mariä sowie der Erinnerung an Kleists *Marquise von O.* Das auch an der blauen Farbsymbolik kenntliche Marienthema, in frei schweifender Variation wiederaufgenommen im *Ritter Blaubart*, dem *Dritten* und dem *Stiftsfräulein*, eignete sich für Döblins Intention, die notwendige Überantwortung des Ich an die göttlich-universale Macht, den mystischen Naturzusammenhang zu vollziehen.

Die Verwandlung

Die gesellschaftlichen Rollen sind unrettbar, die romantischen Requisiten leere Attribute; aber Wilhelm II. regierte noch, als Döblins Königin 1911 über »den Ministerrat und alle Gichtiker des Landes« (37) spottete.

Die Widmung an seine Verlobte Erna Reiss stellt einen singulären autobiographischen Bezug her: Döblins Mutter war nicht mit seiner Beziehung zu der Krankenschwester Frieda Kunke einverstanden. Der Sohn fügte sich; im Februar 1911 fand die Verlobung mit der Fabrikantentochter Erna Reiss statt, obwohl Frieda Kunke ein Kind erwartete. Im Oktober 1911 kam Bodo Kunke zur Welt; im Januar 1912 fand die Hochzeit mit Erna Reiss statt. – Die beiden Protagonisten in der *Verwandlung* verbindet die Staatsräson, ihr Verhältnis ist friedlos. Der Prinzgemahl hat die Rolle des nachgebenden Gatten an der Seite der Königin. Beide haben »schwer an ihrer Vergangenheit« zu tragen (40). Die Verwandlung setzt fast unmerklich damit ein, daß der Prinz ihre nebeneinanderliegenden Hände wahrnimmt (34). Die Liebe zwischen den Ehepartnern wird auf fragwürdige Art erst möglich, nachdem die Bindungen an die Vergangenheit radikal zerstört sind. Ihr Ende »auf der kleinen Insel im blauen Ozean« (42) ist eine unwirkliche Idylle. Auch im Tod bleibt das ›Nebeneinanderschwimmen‹ symbolisch.

Real kehrte die Wassermetaphorik 1940 wieder in der Schiffspassage der Döblins nach Amerika, in der zweiten und letzten Widmung der Autobiographie *Schicksalsreise*: »Diese Schrift widme ich meiner Frau Erna, die den schiffbrüchigen Robinson [...] am Strand aufhob [...].« Erna Döblins Tatkraft war es zu verdanken, daß sie Gestapo und französischer Miliz auf der Flucht entkamen und am 30. Juli 1940 Frankreich verlassen konnten.

Die Helferin

Der amerikanische Schauplatz kann als Reverenz an Edgar Allan Poe gesehen werden, den Meister der Kriminal- und Schauererzählung. Döblin war ein brillanter Nachfolger in diesem Genre, man denke an das Kriminellenmilieu in *Berlin Alexanderplatz* oder an die auf einem authentischen Fall beruhende Studie *Die beiden Freundinnen und ihr Giftmord* in der Reihe »Außenseiter der Gesellschaft« (1924). Der sachliche Prozeßton der *Helferin*, in dem die Anklage auf Giftmord lautet, erstreckt sich auch auf die übernatürlich-phantastischen Elemente der Erzählung. Es hängt vom einzelnen Menschen ab, ob der Tod wie von Frau Grassi traditionell-furchterregend als Gespenst, als »gebücktes Skelett« (49) wahrgenommen oder wie von den Menschen, die sich der Fabel vom guten Tod öffnen, als weiblich-jugendlich-liebevolle Gestalt erfahren wird. Das Eros-Thanatos-Motiv nahm Döblin im Lauf der Arbeit auf, zwei Entwürfe tragen den Titel *Der Helfer.* Der Tod ist Teil der universalen Allmacht, der die Richter »bei dem Lokaltermin« (50) nicht auf die Spur kommen.

Die falsche Tür

Bei erster Lektüre erinnert die Novelle stilistisch an Kleist: sie ist realistisch erzählt, belebt von wörtlicher Rede. Aber die Erzählung ist geprägt von Brüchen und Widersprüchen, zu denen auch der balkanisch-islamische Kontext gehört. Hauptmann Irfen ist Moslem, will aber im entscheidenden Augenblick Allah vergessen. Er ist Asket, aber gleichzeitig ausschweifend und Trinker. Wie paßt das Pferdeschinden zum disziplinierten Rittmeister? Irfen kündigt an, die Zukunft zu befragen, schläft aber ein. Die Herausforderung der numinosen Schicksalsmacht büßt Irfen mit dem Tode. Was eine Demonstration des Kismet werden sollte, scheint ein trunkener Husarenstreich zu sein. Die Frage, ob Irfens Tod Fatum ist, wird »sowohl bestätigt als auch ad absurdum geführt« (Sander 125). Ein Sinnzusammenhang ist nicht ohne Zutun des Lesers zu konstruieren. Die Erzähltechnik veranschaulicht die Rätselhaftigkeit der Menschen und der Welt.

Die Ermordung einer Butterblume

ist eine Schlüsselerzählung der literarischen Moderne. Die provokative Überschrift irritiert und macht neugierig. Spannend-skurril interpretiert Döblin das von Goethe bekannte Thema des Blumenköpfens (*Heidenröslein*), ebenso das gegenteilige Motiv des Ausgrabens und Verpflanzens (*Gefunden*).[9] Während Goethes Blumenfreund im Einklang mit der Natur ist (»Ich ging im Walde / So für mich hin«),

9 Johann W. v. Goethe, Hamburger Ausgabe Bd. 1, S. 255: »Ich grub's mit allen / Den Würzlein aus, / Zum Garten trug ich's / Am hübschen Haus. // Und pflanzt' es wieder / Am stillen Ort; / Nun zweigt es immer / Und blüht so fort.«

ist diese für Herrn Fischer dämonisch, ihre bedrohliche Vitalisierung ist Projektion seines seelischen Zustandes. Wie Georg Büchners Lenz in dessen gleichnamiger Novelle findet er sich in seinem Wahn nicht mehr zurecht. Die Spaltung von Ich und Welt/Natur wird in die psychopathische Spaltung der Figur hineingenommen. Innere Monologe drücken die zunehmende Verwirrung aus, Adjektive werden verbalisiert (»dumpfte« 70); die Betonung der Verben dynamisiert die Ereignisse (»wippte«, »schnupperte«, »horchte«, »flüsterte« 68); Groteske (»mit süßem Mündchen« 64) und Karikatur (»Versteht Ihr kein Deutsch?« 69) lockern den Gang der Entwicklung auf. Wie in der *Tänzerin* oder *Astralia* zeichnet Döblin ein scharf konturiertes Psychopathogramm; die poetische Inszenierung einer paranoiden Entwicklung mit Abwehrritualen und Wahnausbreitung ist ungebrochen fesselnd, auch hundert Jahre nach ihrer Entstehung. Fischers Umgang mit der Butterblume entspricht sein soziales Verhalten, er ohrfeigt und schikaniert die Lehrlinge. Scheinbar hat er am Ende Wald-Natur-Menschsein »übertölpelt«, einen Lernprozeß gibt es nicht. Es bleibt die groteske Machtphantasie des Ich: »Er konnte morden, so viel er wollte.« (77) Die *Butterblume* läßt wie die anderen Erzählungen des Zyklus viele Deutungen zu, aber der Lesefluß ist nicht beeinträchtigt durch programmatisch zerstückelte, paradoxe Schreibweise. Aufgrund ihrer genialen Sprachgewalt wurde die *Butterblume* zur wirkungsmächtigsten Erzählung Döblins und der expressionistischen Prosa.

Der Ritter Blaubart

Döblin trug zu den literarischen und musikalischen Bearbeitungen des ›Blaubart‹, einem *Stoff der Weltliteratur* (Elisabeth Frenzel), seine moderne Variante bei. Die Anregung dazu könnte von Otto Krack, *Das Urbild des Blaubart* (1909), herrühren.[10] Neuartig bei Döblin ist die Erlösungsthematik, aber auch die Erzählstruktur. Wie z.B. in der *Helferin* ist der Bericht ein suggestiv strukturiertes Durcheinander von Märchen/Fabel und ›Wirklichkeit‹. Psychologisch sind die Figuren nicht zu deuten; wie montiert wirkt der Name Ilsebill, deren Typisierung nicht der Frau des Fischers im Märchen entspricht, aber »nixengrüne Gewänder« (84) rücken sie dem Butt, dem mächtigen Meereswesen, oder der Undine nahe. Paolo, der als Typus des »ahasverischen Melancholikers« (Sander 131) stark an Copetta, auch an den Prinzgemahl erinnert, war als Seefahrer »sprühend von Laune« (78), erst durch seine Abkapselung in der Einöde gerät er in existentielle Nöte. Wie in anderen Erzählungen fügen sich Embleme des Katholizismus ein, zu dem Döblin dreißig Jahre später, 1941, konvertierte. Es waren vor allem katholische Rituale, die ihn faszinierten.[11] Die Erzählung ist eingerahmt mit Bildern von Birken, einem »Lieblingsbaum« des Jugendstils (Stegemann 141): Am Beginn steht eine Birkenreihe über sumpfiger Landschaft, die am Schluß bedeckt wird von einer Springflut. Die am Wasser zwischen Birken verblassende Frau vereint wie in Gemälden des Jugendstils menschliches mit pflanzlichem Leben und dem Element des Wassers.

Der Dritte

Sarkastisch hebt die zweite in Amerika angesiedelte Erzählung an: Die Haushälterin entscheidet für ihren Chef, eine

10 Vgl. Klaus Kanzog, *Alfred Döblin und die Anfänge des expressionistischen Prosastils,* in: Jb. der Deutschen Schillergesellschaft 17 (1973), S. 63-83, S. 71.

11 Vgl. Marcel Reich-Ranicki, *Sieben Wegbereiter. Schriftsteller des Zwanzigsten Jahrhunderts* (Stuttgart, München: DVA 2002), S. 130.

Frau für Schreibarbeiten einzustellen, denn »diese sei billig, vor allem leichter zu entlassen.« (92) Vermutlich war Döblin der erste Schriftsteller, der die sexuelle Belästigung einer Sekretärin am Arbeitsplatz thematisierte. Aber dieses und die folgenden Themen bis zum geplanten Selbstmord sind nur scheinbar am zeitlichen Leitfaden verknüpft und nachzuvollziehen. Der durchgängig beiläufige Erzählton steht in Kontrast zu dem befremdlichen Gang der Handlung. Widersprüchlichkeit ist das Prinzip der Novelle, die bis in den Satzbau hinein nachzuweisen ist. Döblins Paradoxe haben Methode, sie beabsichtigen die »Blockierung der psychischen und sprachlichen Logik«.[12]

Die Memoiren des Blasierten

Die Ich-Erzählung als fingierte Bekenntnisschrift versteht sich vor dem Hintergrund zeitgenössischer Lektüren leichter. Sie kann als Reflexion über das Buch *Geschlecht und Charakter* von Otto Weininger ausgelegt werden, das 1903 in Wien erschien und bis Ende der 20er Jahre ein Bestseller war. Es enthält negative Wertungen des »Weiblichen« als kulturell minderbegabt; es ist, mit Weiningers eigenen Worten, fast immer »antifeministisch« in der Darstellung. Eine solche Lesart der *Memoiren* – Döblin prägte später den ironischen Neologismus »zum weinigern«[13] –, kann ergänzt werden durch literarische Bezüge, z.B. Figuren bei Dostojewski und durch biographische Facetten, wie Döblins starke Bindung an die Mutter. Es ist dem Blasierten unmöglich, sich den starken Kräften der Natur zu entziehen.

12 Sabine Kyora, *Zum Paradox in Döblins frühen Erzählungen,* in: (IADG Leiden), Jb. f. Int. Germanistik Bd. 43, S. 61-70, S. 67.

13 *Schriften zur Politik und Gesellschaft,* S. 185.

Zu den Spuren Nietzsches bei Döblin wurde gesagt, wie sehr sich Döblins Sicht von der Rezeption der Jahrhundertwende unterschied. Es wäre wohl nachzuweisen, daß Döblin in den *Memoiren* – wie in den zeitnah entstandenen Nietzsche-Aufsätzen – dessen Gedanken exemplifiziert: die Betonung der biologischen Vorgänge, die Heftigkeit des Hasses, die aufgeblasene, künstliche Sprache des Blasierten, das Laufen über die Berge (Zarathustra) verweisen in kritischer Absicht auf Nietzsche. Einen Kontrapunkt setzt der leidende, im Tonfall veränderte Schlußsatz.

Das Stiftsfräulein und der Tod

Das 1905, also recht früh entstandene *Stiftsfräulein* gilt als typisch für das avantgardistische Schaffen der Epoche (Erwin Kobel). Döblins charakteristisch knapper Stil mündet in eine Satzreihe, die wie die Schläge des Todes kurz und wuchtig wird. Unter den verschiedenen Erscheinungsformen des Todes tritt, wie einmal bereits in der *Helferin*, der Tod als wüster Bursche auf, als »Bauernlümmel« (127). Zum ersten Mal gibt Döblin auch eine klinische Beschreibung des Todeskampfes. Das Stiftsfräulein versuchte zu spät und vergeblich, aus lebensfeindlichen Einrichtungen der Gesellschaft »hilflose Ausbruchsversuche« zu unternehmen.[14] Die religiösen Embleme und Gebete helfen nicht, sie decken eher auf, daß das Fräulein keine kluge Jungfrau ist, die auf den Herrn wartet, ebensowenig wie die anderen Damen, die nicht bemerken, warum sie sich verändert. Kirchners Holzschnitte unterstreichen die Atmosphäre der Verkümmerung und der Einsamkeit. Mit dem *Stiftsfräulein*

14 Werner Stauffacher, *Umrisse einer Begegnung: Alfred Döblin und Ernst Ludwig Kirchner*, in: (IADG Berlin), Jb. f. Int. Germanistik Bd. 69, S. 41-50, S. 48.

illustrierte Kirchner zum ersten Mal ein literarisches Werk. Die schwarz-weiße, kantige Holzschnittechnik entspricht der Vorgabe, daß das Fräulein bald sterben muß. In Döblins Farbgebung überlagern Dunkelheit der Nacht und Todesfurcht die Liebe des Fräuleins zu den Blumen. Das abschließende Bild des sterbenden Fräuleins erinnert an ein Ecce-homo-Porträt. Die künstlerischen Absichten Döblins und Kirchners ergänzen einander in ihrer plakativen, expressiven Reduktion auf Wesentliches.

Inhaltlich disqualifizieren die frühen Erzählungen keine gesellschaftliche Schicht und kein Sujet als ›unpoetisch‹. Diese Offenheit geht über die ›Ästhetik des Häßlichen‹ hinaus und bleibt wegweisend für Döblin und die alle Künste betreffenden Veränderungen der Moderne.

ABKÜRZUNGSVERZEICHNIS

Folgende Abkürzungen und Siglen werden verwendet:

AW — Alfred Döblin, *Ausgewählte Werke in Einzelbänden*, begründet von Walter Muschg †. In Verbindung mit den Söhnen des Dichters hg. von Anthony W. Riley, Olten u. Freiburg i. Br.: Walter-Verlag 1960ff.; 1993ff.: Solothurn u. Düsseldorf, 1996ff.: Zürich u. Düsseldorf, 2001ff.: Düsseldorf u. Zürich

Ä.d.H. — Änderung der Herausgeberin

Bl. — Blatt (Blätter)

Briefe — Alfred Döblin, *Briefe*, hg. von Heinz Graber, AW 1970

EB — Alfred Döblin, *Die Ermordung einer Butterblume und andere Erzählungen*, München und Leipzig 1913 bei Georg Müller

ED — Erstdruck

Hg./hg. — Herausgeber(in)/herausgegeben

Hs./hs. — Handschrift(en)/handschriftlich

Huguet — Louis Huguet, *L'œuvre d'Alfred Döblin ou la dialectique de l'exode 1878 – 1918. Essai de psycho-critique structurelle.* Thèse présentée devant l'Université de Paris X, le 5 décembre 1970 (Lille/Paris 1978)

Huguet, Bibl. — Louis Huguet, *Bibliographie Alfred Döblin*, Berlin und Weimar: Aufbau-Verlag 1972

KS I — Alfred Döblin, *Kleine Schriften I (1902 – 1921)*, hg. von A. W. Riley, AW 1985

Meyer — *Alfred Döblin 1878 – 1978.* Eine Ausstellung des Deutschen Literaturarchivs im Schiller-Nationalmuseum Marbach am Neckar, Katalog Nr. 30, bearbeitet von Jochen Meyer in Zusammenarbeit mit Ute Doster, München: Kösel in Komm. 1978

Ms. — Manuskript

ND	Nachdruck
pag.	paginiert
SÄPL	Alfred Döblin, *Schriften zur Ästhetik, Poetik und Literatur,* hg. von Erich Kleinschmidt, AW 1989
SLW	Alfred Döblin, *Schriften zu Leben und Werk,* hg. von Erich Kleinschmidt, AW 1986
Sturm	*Der Sturm. Wochenschrift für Kultur und die Künste.* Herausgeber und Schriftleiter: Herwarth Walden, Berlin/Wien 1910ff.
SV	Alfred Döblin, *Jagende Rosse. Der schwarze Vorhang und andere frühe Erzählwerke*, hg. von A. W. Riley, AW 1981
TG	Textgrundlage einer Erzählung in der vorliegenden Ausgabe
Ts.	Typoskript

Siglen für die verschiedenen in dieser Ausgabe benutzten nachgelassenen Handschriften und Typoskripte Döblins sowie für Drucke werden jeweils in den Bemerkungen zu den Einzelwerken aufgeschlüsselt.

Diakritische Zeichen

//	Variante
/	Anfang eines neuen Abschnitts bzw. einer neuen Zeile
[?]	Das vorausgehende Wort war nicht mit Sicherheit zu entziffern.
[?...?]	nicht zu entziffernde(s) Wort(e)
< >	Streichung durch den Autor
[ ]	Interpolation der Herausgeberin

EDITORISCHE NACHWEISE UND ANMERKUNGEN

Mit der vorliegenden Ausgabe wird zum ersten Mal seit der Erstausgabe 1913 Döblins Novellenzyklus in einer separaten Edition veröffentlicht.
Im Textteil handelt es sich um einen Teildruck der kommentierten Neuausgabe der Erzählungen in den »Ausgewählten Werken in Einzelbänden« im Walter-Verlag: *Die Ermordung einer Butterblume. Sämtliche Erzählungen*, hg. von Christina Althen (Düsseldorf und Zürich 2001), 581 S. Die editorischen Nachweise und Anmerkungen sind identisch, soweit sie sich auf die Erzählungen der *Butterblume* beziehen. Das Nachwort wurde neu verfaßt. Textgrundlage ist die erste Buchausgabe.

BUCHAUSGABEN

Die Ermordung einer Butterblume und andere Erzählungen, München und Leipzig 1913 bei Georg Müller [erschienen im November 1912], Hof- Buch- und Steindruckerei Dietsch & Brückner, Weimar, 1. und 2. Aufl. 210 S. Als Broschur und gebunden in grünem Karton. Darin: *Die Segelfahrt. Die Tänzerin und der Leib. Astralia. Mariä Empfängnis. Die Verwandlung. Die Helferin. Die falsche Tür. Die Ermordung einer Butterblume. Der Ritter Blaubart. Der Dritte. Die Memoiren des Blasierten. Das Stiftsfräulein und der Tod.* – ND: Kraus Reprint, München 1973.

Blaubart und Miß Ilsebill. Mit Steinzeichnungen von Carl Rabus. Dieses Werk erschien im Sommer 1923 als zehnter Band der Reihe »Das Prisma« im Verlag Hans Heinrich Tillgner, Berlin.

Druck des Textes F. E. Haag, Melle, der Steinzeichnungen U. Ruckenbrod, Berlin. Hundert numerierte Exemplare wurden auf Bütten gedruckt, mit der Hand in Leder gebunden und vom Autor signiert. Die ganzseitigen Steinzeichnungen dieser Ausgabe wurden vom Künstler signiert. 88 S. Darin: *Das verwerfliche Schwein. Die Nachtwandlerin. Der Ritter Blaubart. Die Segelfahrt.*

Nachdrucke einzelner Erzählungen, z.B. in Anthologien, sind in großer Zahl erfolgt; auf eine komplette Auflistung kann hier verzichtet werden. Die wichtigsten Nachdrucke werden jeweils in den Anmerkungen aufgeführt. Unter den seit dem Tode des Autors erschienenen Buchausgaben seien vermerkt:

EB 2
Die Ermordung einer Butterblume. Ausgewählte Erzählungen 1910 – 1950. Hg. und mit einem Nachwort von Walter Muschg (AW 1962), 434 S. Darin: *Die Segelfahrt. Die Tänzerin und der Leib. Mariä Empfängnis. Die Flucht aus dem Himmel. Das Stiftsfräulein und der Tod. Astralia. Die Ermordung einer Butterblume. Die Helferin. Der Ritter Blaubart. Der Dritte. Die Memoiren des Blasierten. Die falsche Tür. Linie Dresden-Bukarest. Das Femgericht. Das Krokodil. Vom Hinzel und dem wilden Lenchen. Die Nachtwandlerin. Von der himmlischen Gnade. Der Kaplan. Das verwerfliche Schwein. Die Schlacht, die Schlacht! Wallenstein pachtet die Prager Münze. Tillys Tod. Sommerliebe. Die Statistin. Geistergespräch. Flucht in den Urwald. Antigone. Reiseverkehr mit dem Jenseits. Der Tierfreund oder das zweite Paradies.* – ND: Gesammelte Erzählungen. Rowohlt Verlag GmbH, Reinbek 1971, 430 S.

EB 3
Die Ermordung einer Butterblume. Ausgewählte Erzählungen. Mit einem Nachwort von Walter Muschg, Deutscher Taschenbuch-Verlag: München 1965 ([10]1998), (= Auswahl aus EB 2). 216 S. Darin: *Die Ermordung einer Butterblume. Die Tänzerin und der Leib. Astralia. Die Helferin. Die Segelfahrt. Die Flucht aus dem Himmel. Der Ritter Blaubart. Der Dritte. Die Memoiren des Blasierten. Die falsche Tür. Die Nachtwandlerin. Das verwerfliche Schwein. Sommerliebe. Reiseverkehr mit dem Jenseits.*

EB 4

Erzählungen. Leipzig: Verlag Philipp Reclam jun. 1. Auflage 1967. Lizenzausgabe für die Deutsche Demokratische Republik und die sozialistischen Länder mit Genehmigung des Walter-Verlages, Olten und Freiburg im Breisgau/Reclams Universal-Bibliothek Band 329. Mit einem Nachwort von Roland Links. 318 S. Darin: *Die Segelfahrt. Die Tänzerin und der Leib. Die Ermordung einer Butterblume. Astralia. Der Dritte. Linie Dresden-Bukarest. Der Überfall. Die Flucht aus dem Himmel. Das Femgericht. Vom Hinzel und dem wilden Lenchen. Die Nachtwandlerin. Von der himmlischen Gnade. Der Kaplan. Sommerliebe. Die Statistin. Märchen von der Technik. Der verlorene Sohn. Das Gelübde Puertos. Zwei Mütter. Der Tierfreund oder das zweite Paradies.*

EB 5

Erzählungen aus fünf Jahrzehnten, hg. von Edgar Pässler, Olten und Freiburg im Breisgau: Walter-Verlag 1977 (= Jubiläums-Sonderausgabe in Zusammenarbeit mit der Büchergilde Gutenberg). 488 S. Darin: *Astralia. Das Stiftsfräulein und der Tod. Die Tänzerin und der Leib. Die Ermordung einer Butterblume. Die falsche Tür. Die Helferin. Die Segelfahrt. Mariä Empfängnis. Die Verwandlung. Der Dritte. Der Ritter Blaubart. Die Memoiren des Blasierten. Der Überfall auf Chao-Lao-Sü. Gespräch im Palast Khien-lungs. Der Kaplan. Von der himmlischen Gnade. Die Nachtwandlerin. Das Femgericht. Das Gespenst vom Ritthof. Der Riese Wenzel. Der vertauschte Knecht. Die Schlacht, die Schlacht! Der Feldzeugmeister Cratz. Vom Hinzel und dem wilden Lenchen. Das Krokodil. Die Lobensteiner reisen nach Böhmen. Die Flucht aus dem Himmel. Linie Dresden-Bukarest. Das verwerfliche Schwein. Die Zeitlupe. Sommerliebe. Kleine Alltagsgeschichte. Der verlorene Sohn. Kleine Kriminalität. Das Märchen von der Technik. Kleines Märchen. Reiseverkehr mit dem Jenseits. Märchen vom Materialismus. Der Tierfreund oder das zweite Paradies. Unverständliche Geschichten/Der Ausbruch des Vesuvs/Über die Entstehung des Kaviars/Die Bibliothek/Was man unter Kuhkäse versteht/Max.* – ND: *Erzählungen aus fünf Jahrzehnten* (AW 1979).

EB 6

Der Überfall auf Chao-Lao-Sü. Erzählungen aus fünf Jahrzehnten (= Auswahl aus EB 5), Deutscher Taschenbuch Verlag: München 1982, 331 S. Darin: *Das Stiftsfräulein und der Tod. Mariä Empfäng-*

nis. Die Verwandlung. Der Überfall auf Chao-Lao-Sü. Gespräch im Palast Khien-lungs. Der Kaplan. Von der himmlischen Gnade. Das Femgericht. Das Gespenst vom Ritthof. Der Riese Wenzel. Der vertauschte Knecht. Die Schlacht, die Schlacht! Der Feldzeugmeister Cratz. Vom Hinzel und dem wilden Lenchen. Das Krokodil. Die Lobensteiner reisen nach Böhmen. Linie Dresden-Bukarest. Die Zeitlupe. Kleine Alltagsgeschichte. Der verlorene Sohn. Kleine Kriminalität. Das Märchen von der Technik. Kleines Märchen. Märchen vom Materialismus. Der Tierfreund oder das zweite Paradies. Unverständliche Geschichten.

ÜBERSETZUNGEN

Zu älteren Übersetzungen vgl. Huguet, Bibl., Einträge Nr. 1088, 1142, 1143.

CHINESISCH:
– *Die Ermordung einer Butterblume. Die Segelfahrt,* übersetzt von Wang Zhiqiang, in: *Waiguo Wenyi* 1987/4, S. 174–197.

ENGLISCH:
– *The Murder of a Buttercup. The Dancer and the Body,* übersetzt von Patrick O'Neill, in: *Prism international* vol. 12, no. 2 (1972), S. 98–111.

FRANZÖSISCH:
– *L'assassinat d'une renoncule.* Mit einer Einführung von Joris Duytschaever, übersetzt von Philippe Ivernel, Paris: Aubier Montaigne, 1974 (= Collection bilingue), 109 S.
– *L'assassinat d'une renoncule. Nouvelles et autres récits,* übersetzt und mit einem Vorwort von Philippe Ivernel, Presses universitaires de Grenoble, 1984, 275 S. (identisch mit Paris: Edition Rivages pour l'édition de poche, 1990)
– *L'assassinat d'une renoncule, et autres récits,* übersetzt von Philippe Ivernel; Vorwort und Anmerkungen von Brigitte Vergne-Caïn et Gérard Rudent, Paris: Librairie générale française, 1990, 221 S.

(= Les langues modernes-bilingue. Série allemande, Le livre de poche 8737)

Holländisch:
– *De moord op een boterbloem en andere verhalen,* übersetzt und mit einem Vorwort von Pieter Cramer, Amsterdam: Athenaeum-Polak & Van Gennep, 1994, 157 S.

Italienisch:
– *L'assassinio di un ranuncolo e altri racconti* (In appendice: Ai romanzieri ed ai loro critici), übersetzt und mit einem Vorwort von Eva Banchelli, Milano: SugarCo, 1980, 143 S.

Japanisch:
– *Die Ermordung einer Butterblume,* übersetzt und erläutert von M. Sakurai, Tokio, Kioto: Nankodo 1966, 32 S.

Katalanisch:
– *L'Assassinat d'un botó d'or,* übersetzt von Carme Serralonga, Barcelona: Destino, 1989, 167 S.

Spanisch:
– *El asesinato de un bóton de oro,* übersetzt von Mira Zampieri, Barcelona: Destino, 1989, 171 S.

DER NOVELLENBAND DIE ERMORDUNG EINER BUTTERBLUME

Die Haupths. des 1912 publizierten Novellenzyklus EB enthält Mss. mit z. T. unvollst. Entwürfen und einer Teilabschrift. Die Textlücken betreffen *Die Helferin* und *Die Verwandlung*. Die Haupths. umfaßt in Mappe I 128 und in Mappe II 134 meist eins. beschr., meist unpag., gefaltete u. gebündelte Bl. (ca. 163 x 209 mm = halbierte Doppelbl. alten Schreibpapierformats). In beiden Mappen befindet sich je ein loses Titelbl., das in blauem Buntstift die Aufschrift »Butterblume« trägt. Durchweg wird schwarze

Tinte benutzt, für Korr. auch Bleistift. Auf einem beschädigten losen Bl. in bislang nicht zugeordneten Nachlaßmaterialien fand sich ein hs. Entwurf für das Inhaltsverzeichnis: *Die Tänzerin und der Leib* 1. *Mariä Empfängnis* 2. *Die Memoiren des Blasierten* 3. *Astralia* 4. *Das Stiftsfräulein und der Tod* 5. *Adonis Erwachen* 6. *Die Ermordung einer Butterblume* 7. *Die Helferin* 8. *Die falsche Tür* 9. *Die Segelfahrt* 10. *Die Verwandlung* 11. *Der Dritte* 12. – *Adonis Erwachen* hat eine Verweisungsklammer; diese 1901/02 entstandenen Erzählungen schied Döblin aus (gedruckt in SV, S. 84–106; vgl. dazu A. W. Riley, ebd., S. 239–251.) Neben den Titeln finden sich Kürzel für den ED, so daß anzunehmen ist, daß Döblin die Liste Ende 1911 anfertigte. *Der Ritter Blaubart* fehlt in der Aufzählung, ansonsten entspricht die Anordnung der Mss. im Nachlaß diesem vorläufigen Inhaltsverzeichnis.

Die zwölf Novellen entstanden in den Jahren 1903 bis 1911, während Döblins Studienzeit in Berlin und Freiburg (bis Sommer 1905), als Assistenzarzt in Regensburg (1905/06), dann wieder in Berlin an der Irrenanstalt Buch (seit Oktober 1906), dem Krankenhaus am Urban (ab Juni 1908) sowie als praktischer Arzt (seit Oktober 1911). Nur zwei Novellen sind explizit datiert; *Astralia:* Oktober 1904 und *Das Stiftsfräulein und der Tod:* Frühjahr 1905; *Mariä Empfängnis* kann mit dem Ms. des Romans *Der schwarze Vorhang*, für den die Erzählung ursprünglich konzipiert war, auf Oktober 1903 datiert werden. Bereits im Dezember 1904 plante Döblin, die Erzählungen in einem Sammelband zu veröffentlichen. Er schrieb an H. Walden: »Schicken Sie mir auch bitte mal, was Sie von mir schriftliches haben: ich möchte meine Kinder um mich versammeln; insbesondere meinen Novellenmanuskriptband mir einbinden lassen, und mich am Einband laben.« (*Briefe*, S. 29). Zu den bis dahin vorhandenen Novellen zählen *Adonis, Erwachen, Mariä Empfängnis, Die Tänzerin und der Leib, Astralia*, vermutlich *Die Memoiren des Blasierten* und möglicherweise auch *Die Ermordung einer Butterblume.*

Die erste veröffentlichte Novelle war *Das Stiftsfräulein und der Tod*, sie erschien im Januar 1908 in der Monatszeitschrift *Das Magazin*; Herwarth Walden redigierte die Nummer (vgl. Meyer, S. 15). Ab März 1910 veröffentlichte Döblin regelmäßig seine Novellen in

Waldens *Sturm*, wie der Autor in den *Biographischen Bemerkungen* (1917) rekapituliert: »dort auch erster Abdruck einiger der bis 1903 zurückreichenden Novellen« (SLW, S. 13). 1911/12 stellte Döblin die Novellen zu einem Band zusammen (vgl. an M. Buber, 27. 12. 11 und 24. 1. 12, Briefe, S. 56f.); im Brief vom 24. 1. 12 ordnet Döblin die Novellen folgendermaßen: »1) Mariä Empfängnis 2) Astralia 3) Die Tänzerin und der Leib 4) Das Stiftsfräulein und der Tod 5) Die Memoiren des Blasierten 6) Die Ermordung einer Butterblume 7) Die falsche Tür 8) Die Helferin 9) Die Segelfahrt 10) Die Verwandlung 11) Der Dritte 12) Der Ritter Blaubart.« (*Briefe*, S. 57) Die Abfolge *Die Segelfahrt-Die Verwandlung-Der Dritte* ist identisch mit dem o.g. Entwurf im Nachlaß; hier kann von einer Chronologie ausgegangen werden, darauf folgt *Der Ritter Blaubart* als letzte Erzählung. Die *Butterblume* findet sich jeweils in der Mitte, bei der variierenden Einordnung der früheren Erzählungen ist denkbar, daß Döblin sich an die Entstehungszeit nicht exakt erinnerte. Der Vergleich der Mss. mit EB ergibt, daß Döblin an der verschollenen unmittelbaren Druckvorlage Korr. vorgenommen hat. Döblin klebte die EDD, soweit vorhanden, für die Buchausgaben auf (vgl. *Briefe*, S. 75) und nahm ggf. Änderungen vor. Am 26. 10. 1912 schreibt er an Walden: »buch angeblich in 14 tagen heraus, verhandele mit mueller vertraege wegen.« Mitte November erschien der Band mit der Jahresangabe 1913. S. Fischer übernahm von G. Müller die Verlagsrechte für EB am 24. März 1925, der Vertrag befindet sich im Nachlaß, DLA; sowie die verbliebenen Exemplare, insgesamt ca. 6000 brosch. u. 200 geb. Exemplare; vgl. dazu *Alfred Döblin an S. Fischer*, in: Samuel Fischer/Hedwig Fischer, *Briefwechsel mit Autoren*, hg. v. Dierk Rodewald und Corinna Fiedler, Frankfurt 1989, Briefe 907 u. 908, S. 792.

DIE SEGELFAHRT

Döblin reiste vom 16. bis 23. Juli 1910 mit seiner Mutter zur Weltausstellung in Brüssel, dabei am 19. Juli nach Ostende. Zur gleichen Zeit befand sich dort auch seine zukünftige Frau Erna

Reiss, was beide nicht wußten (vgl. Huguet, S. 870f.). Die Novelle entstand nach dieser Reise vermutlich noch im Jahr 1910.

Siglen:

S1 vollst. eigenh. Hs., 23 eins. beschr. pag. Doppelbl. sowie 5 eingeklebte Beibl., Hs. u. Korr. in Tinte u. Buntstift. Die erste Seite ist stark abgegriffen und enthielt Bleistiftzusätze zur Titelzeile, die jedoch ausradiert wurden.

S2 ED im *Sturm*, 2. Jg., Nr. 69, Juli 1911, S. 549–550.

S3 erste Buchausgabe, EB, S. 1–19, TG.

ND: *Blaubart und Miß Ilsebill*, Berlin: Hans Heinrich Tillgner 1923, S. 75–87, mit drei Steinzeichnungen von Carl Rabus.

8 *Tänze ertragen:* Ä.d.H. nach S1,3 u. S2,549, hierauf folgt in S3,4 ein Doppelpunkt statt des Semikolons.

10 *ein Wort zu sprechen hob:* Ä.d.H. nach S1,8 u. S2,549; in S3,8 folgt nach *sprechen* ein Komma.

11 *leidenschaftlich zuckte:* S1,9 u. S2,549/scharf arbeitete/.

12 *sah noch den:* S2,550 sah/nach dem/.

13 *Atropin:* bei der Einnahme atropinhaltiger Arzneimittel kommt es zur Pupillenerweiterung (zu Döblins Beschäftigung mit Atropin vgl.: A. Döblin und P. Fleischmann: *Zum Mechanismus der Atropinentgiftung durch Blut und klinische Beobachtungen über das Vorkommen der Entgiftung.* In: *Zs. f. klinische Medizin.* Bd. 77, Berlin 1913, H. 3/4, S. 145–152).

17 *tobende Meer:* S2,550/lebende/Meer.

DIE TÄNZERIN UND DER LEIB

Diese Novelle war die erste, die Döblin im *Sturm* veröffentlichte (s. T2). Sie gehört zu den frühesten Erzählungen und sicherlich zu den »Kindern«, die Döblin im Dezember 1904 in einem Novellenband versammeln wollte (s. o.); in den Entwürfen für das Inhaltsverzeichnis von EB steht sie an erster bzw. an dritter Stelle.

Siglen:

T1 vollst. eigenh. Hs., 10 eins. beschr., nicht pag. Doppelbl.; Tinte mit wenigen Korr., (von Hg. pag. S. [1–10])

T2 ED im *Sturm*, 1. Jg., Nr. 2, 10. März 1910, S. 10.

T3 erste Buchausgabe, EB, S. 21–30, TG.

ND: *Die deutsche Literatur. Texte u. Zeugnisse,* hg. v. Walter Killy (Bd. 7): 20. Jahrhundert 1880–1933, München: Beck 1967, S. 716–719.

18 *klar auf:* T1,[2] sah klar/und verächtlich/auf, *mühte:* T1,[2]/müdete/.

19 *Glieder betrachtete:* T1,[3] u. T2,10 Glieder/betastete/; *war nun fromm und betete:* T1,[4]/wurde/fromm und betete/manchmal/;

20 *die Kranken im Saal flackerte auf:* T1,[5]/ das Matte Häßliche/flackerte/wieder/auf.

ASTRALIA

Die Novelle entstand in Freiburg im Oktober 1904.

Siglen:

A1 vollst. eigenh. Hs., 20 eins. beschr., nicht pag. Doppelbl., von Hg. pag. S. [1–20], Tinte auf rötlichem Papier, äußeres Doppelblatt in hellerem Papier, neben dem Titel ›A. Döblin Oktober 1904‹; Korr. in Tinte und Bleistift.

A2 ED im *Sturm*, 1. Jg., Nr. 31, 29. September 1910, S. 244–245.

A3 erste Buchausgabe, EB, S. 31–42, TG.

ND: *Auswahl aus dem erzählenden Werk.* Mit einer Einleitung von Paul E. Lüth, Wiesbaden: Limes 1948, S. 25–29

23 *Schleimhaut:* Ä.d.H. nach A1,[2]; A2,244 u. A3,33 haben, wohl ein Entzifferungsfehler,/Schleimheit/.

24 *Adolf Götting ... Verfasser einer Geschichte:* eine solche Publikation aus dem Jahr 1903 konnte nicht identifiziert werden. Ein A. Götting publizierte gemeinsam mit H. Haase die deutschsozialen Blätter, allerdings erst seit 1909 (vgl. *Gesamtverzeichnis des deutschsprachigen Schrifttums* 1700 – 1910, München u.a. 1980, Bd. 17, S. 26); Erwin Kobel, *Alfred Döblin, Erzählkunst im Umbruch*, Berlin, New York: 1985, S. 41 weist als mögliche Anregung für die Erzählung auf Daniel Paul Schrebers *Denkwürdigkeiten eines Nervenkranken* (1903) hin;

25 *daß er Denker ist; seine Frau:* Ä.d.H. nach A1,[6] u. A2,244, in A2,36 statt des Semikolons ein Doppelpunkt. *Alräunchen:* der menschenähnlich geschnitzte Wurzelstock der Alraunpflanze (Mandragora) ist seit der Antike als Zaubermittel bekannt. *Gebaren:* Ä.d.H. nach A1,[7] u. A2,244; A 2,36 hat /Gebahren/; *schleicht es:* A2,244 /schleift/es;

26 *»ich weiß, daß mein Erlöser lebt«:* Hiob 19,25, bekannt durch Arie in Händels *Messias*. *Er müsse kommen bald:* Anspielung auf die Apokalypse, Off. 22,12; vgl. L. Huguet: *Alfred Döblin: Les nouvelles de la période fribourgeoise (1904 – 1905)*, in: *Acta Germanica*, Bd. 20 (1990), S. 27–61, hier S. 52.

29 *«Rotte Korah»:* vgl. 4. Mose 16, Korah führte mit seiner Rotte einen Aufruhr gegen Mose und Aaron. *eherner Stimme:* A1,[19] eherner/Stirn/. *zu halten:* in A1,[20] schließen sich folgende Sätze an: zu halten./ Eine Woche verläuft unter heißem Fieber. Die Katarrhe aber sind dieser Nacht nicht gewachsen. Wilde Visionen kommen, Gebete, Gotteslästerungen, Geschrei, Lallen. Dann ist am achten Tage das verhutzelte Männlein ganz stille geworden. –/

MARIÄ EMPFÄNGNIS

Die Erzählung entstand 1903 als Passus im Roman *Der schwarze Vorhang*. Bevor der Roman 1912 in Fortsetzungen im *Sturm* und 1919 in der ersten Buchausgabe veröffentlicht wurde, nahm Döblin den Passus aus dem Roman heraus und veröffentlichte ihn 1911 als selbständige Erzählung unter dem Titel *Mariä Empfängnis* im *Sturm*. A. W. Riley hat die Entstehungs- und Editionsgeschichte der Erzählung im Kontext des Romans *Der schwarze Vorhang* erforscht (vgl. SV, Anm. zu S. 146 sowie S. 253). Auf diese Forschungsergebnisse kann hier verwiesen werden. Die Erzählung ist nur in der ersten Fassung des Romans enthalten und in der zweiten bereits durchgestrichen. In A. W. Rileys Neuausgabe findet sich der Wortlaut der ersten Fassung von 1903 (s. M1).

Siglen:

M 1 1. Fassung, als Passus in SV, eigenh. Hs., datiert Oktober 1903, S. 146–155 (vgl. SV, S. 266–269). – Im folgenden werden M 1 die Seitenzahlen von AW 1981 zugeordnet.

M 2 2. Fassung, als Passus in einer Abschrift von SV von fremder Hand, von Döblin durchgestrichen, S. 85–89.

M 3 3. Fassung, eigenh. Hs., erstmals mit dem Titel *Mariä Empfängnis*, vermutlich Druckvorlage für die Fassung der Erzählung im *Sturm*, nicht datiert, 5 eins. beschr., nicht pag. Doppelbl.

M 4 ED im *Sturm*, 2. Jg., Heft 88, Dezember 1911, S. 700.

M 5 erste Buchausgabe, EB, S. 43–49, TG.

ND: *Die schöne Rarität*, hg. von Adolf Harms, Kiel, 1. Jg., Heft 6, Dezember 1917, S. 109–114 (mit vier Zeichnungen von Georg Tappert).

30 *Mariä Empfängnis:* Der Titel der Erzählung erinnert an den theologischen Begriff der Unbefleckten Empfängnis Mariä *(Immaculata Conceptio)*. Der Begriff bezieht sich auf die Zeugung der Gottesmutter durch ihre Eltern Anna und Joachim und besagt, daß Maria vom ersten Augenblick ihrer Existenz an durch besondere Gnade vor der Erbsünde bewahrt blieb (vgl. Artikel *Unbefleckte Empfängnis Mariä*, in: *Lex. für Theol. u. Kirche*, Freiburg 1965, Bd. 10, Sp. 467–470). Huguet, S. 660, Anm. 1, hat darauf hingewiesen, daß Mariä Empfängnis meist mit der Geburt Christi in Verbindung gebracht wird und nicht, wie eigentlich zutreffend, mit der Geburt Marias. Auch Döblin spielt in seiner Erzählung offensichtlich nicht auf die von der Kirche am 8. Dezember gefeierte

Immaculata Conceptio an, sondern auf Marias Empfängnis ihres Sohnes. *Wäldchen:* Ä.d.H. nach allen Fassungen außer M5,45/Wälde/; *unentrinnbaren Willens:* Ä.d.H. nach M1,267, M2,86, M3,2; M4,700 u. M5,46 haben/ unentrinnbar/; *Wolkenhand* [...] *Gotteshand:* zwei antike Symbole der Verbindung des Gottes mit der Erde: in der griechisch-römischen Vorstellung kann die Empfängnis durch Handauflegung erfolgen; vgl. das Stichwort »Empfängnis« in: *Reallexikon für Antike und Christentum.* Bd. IV, Stuttgart 1959, S. 1245–1255, Sp. 1246.

31 *am Hügel:* M1,267, M2,86, M3, 2 am/Himmel/.

DIE VERWANDLUNG

Die Erzählung ist vermutlich im Frühjahr 1911 entstanden. Döblin hat Erna Reiss zwei seiner Werke gewidmet: *Die Verwandlung* seiner Verlobten und die Autobiographie *Schicksalsreise* seiner Frau. Der autobiographische Hintergrund der Erzählung zeichnet sich ab: »Les thèmes de la rivalité amoureuse, de l'amour mensonger, du ›fils naturel‹ et la dédicace« (Huguet, S. 321). Frieda Kunke erwartete seit Januar 1911 ein Kind von Döblin. Walter Muschg ließ diese Novelle in EB 2 aus.

Siglen:

V1 Der Nachlaß enthält 6 lose Bl., Bruchstück einer frühen Fassung, meist doppels. beschr., eigenh. Hs. ohne Titel, pag. S. 19–20, 22–26, Tinte mit zahlreichen Korr., meist in Bleistift, stark vergilbt und abgegriffen, S. 24 ist liniertes Papier mit medizinischen Begriffen auf der Rückseite.

V2 ED im *Sturm*, 2. Jg., Heft 73, August 1911, S. 581–583.

V3 erste Buchausgabe, EB, S. 51–69, TG.

33 *Die Verwandlung:* Kafkas gleichnamige Novelle entstand 1915; *Erna Reiss:* Ä.d.H. nach V2,581, V3,51 hat die sonst nicht übliche Schreibweise/Reiß/.

39 *»Oh Königin, das Leben ist doch schön.«* vgl. Friedrich Schiller, *Don Carlos* (1787): »Königin! O Gott! Das Leben ist doch schön.« (IV,21)

Das Bruchstück V1 enthält nicht übernommene Partien:

Der Gedanke des Hofarztes sei logisch gewesen, aber inkonsequent. Wo geerntet werden solle, müsse zuerst gesät werden, aber wertlos sei die Saat auf Felsboden. Darum möge auch die Königin tun, [?…?] Prinz: das Irrationale erfüllen, um befähigt zu sein, ihr gesetzliches Eigentum entgegenzunehmen.

Es war am Abend desselben Tages, als die Kommission der Alten vor dem Fürstenpaar erschien. Der Prinzgemahl biß sich nur ein wenig auf die Lippe, um sein schlaffes resigniertes Lächeln zu unterdrücken. Die junge Königin mit dem schmalen herrischen Gesicht und tiefliegenden Augen brach in ein wildes Gelächter aus und schüttelte sich in ihrem Lehnstuhle. Dann gab es eine längere Weile Schweigen unter den fünf Menschen. Aber die Königin, während ihr Gesicht tiefrot, ja blau wurde und ihr Hals aufschwoll, schrie mit einmal: »Hinaus!« Und als die Alten sich erstaunt verwirrt ansahen, sprang sie auf, und ehe man sichs versehen hatte, hatte sie dem riesenstarken Juristen mit dem roten Bart einen Faustschlag ins Gesicht versetzt: »Hinaus, ihr, ihr Henker, Henkersknechte, krummen Hunde. Habt ihr mich noch nicht genug gequält? Ist es noch nicht genug? Prinz, helfen Sie mir, sie hinauswerfen, diese grauen Henker.« Sie schluchzte und drohte mit Fäusten. Der rote Staatsrat stand unbewegt mit blassender kalter Miene. »Daß Sie mich schlagen, Königin, ist sinnlos. Denn ich stehe hier nicht als Mensch, sondern als Begriff. Ihre Ahnen würden den Kopf über Sie schütteln«. »Es sind nicht meine Ahnen, [Streichungen]

ich bereue, Ihnen je gedient zu haben. Sind Sie

[Textlücke]

in den Händen vergraben, da, mit willenlosen, schwermütigen Zügen. Sie wankte zu ihm herüber, und über sein Gesicht strömten ihre Tränen, die sich an seinem Nacken [?…?]. Der zusammengesunkene Mann drückte seine Lippen auf ihre Schläfen. »Warum weinen Sie? Verstehen Sie dies Leben? Man giebt uns etwas, man nimmt uns etwas: so geht es hin und her.« »Ich weine ja um mein Dichterlein, Prinz, ich wein ja nicht um mich. Mein Dichterlein nehmen sie mir.« »Man gibt uns etwas, man nimmt uns etwas. So meinen Sie nur, Königin. Es ist noch nicht das Ungeheuerlichste, was uns passiert. Hinnehmen, die Lippe nicht verziehen. Sie lernen es bald noch.«

Als in der späten Nacht des folgenden Tages der bleiche Kavalier in das Kabinett trat, lag die Königin weinend in ihrem Stuhl. Er sah niemand an als die Königin, kein Wort schenkte er ihr, die seinen heißen Kopf im Schoß hielt, als: »Mich ekelts vor dir, mich ekelts vor dir.« Dabei schauerte er immer und konnte doch den Blick von ihr nicht reißen. Auch sie schaute auf niemand als auf den Dichter; und was sie ihm sagte, unter Küssen auf Hände, Finger, Mund, Wangen, Haar, unter Liebkosen und Wiegen, war immer: »Lebewohl.«

Nach einer Woche wurde [?...?] eine sichere Regelung dieser Staatsfunktion verfügt. Der Hofmechaniker konstruierte dann den bekannten Apparat, der in der Geschichte den Namen »Kronprinzenautomat« führt. Es war ein dreischläfriges Bett, dessen Matratzen jede leise Bewegung von irgendeinem Augenblick an einem elektrischen Apparat mitteilten. Zu beiden Seiten des Bettes aber waren gepolsterte Hände in Höhe der Ruhenden angebracht, beliebig hoch einstellbar. Bei Mitteilung einer bestimmten Summe von Bewegungen nun rückten die Hände nach der Mitte des Bettes zu, warfen so die außen ruhenden in das mittlere Bett. Von der Funktionstüchtigkeit der Rechenmaschine überzeugten sich die Staatsräte [?] durch den Augenschein.

Eine Vervollkommnung im Betreff der in den seitlichen Betten ver[?...?] mußte bald vorgenommen werden. Es zeigte sich nämlich, daß die Irrationalität des Prinzen matt [?] und so auch die stoffliche Vergrößerung des Staatseigentums weniger bedeutend war, wenn die Anspornung dieser Irrationalität litt. Diese Anspornung durch das gesetzliche Mittel wurde aber schwach, weil dies Mittel, das schwarze Hoffräulein, in ihrer eigenen Irrationalität litt, die sich nun ganz erfüllte. Und entsprechendes galt von der Königin und der Anspornung ihrer Irrationalität. Die mechanische Beseitigung dieses Übelstandes geschah auf einfache Weise. Die bekannte Modifikation des Automaten kam damals zu Stande. Die beiden seitlichen Betten sanken im Augenblick nach dem Funktionieren der Hände in eine Versenkung abwärts, wie zwei

Lehnstühle, unter den Boden des Kabinetts. Dort empfingen zwei weitere Polsterbetten die Ankommenden und warfen sie in ein mittleres leeres Bett. Später stiegen sie dann wieder auf. Verfassungsmäßig wurde dieser Apparat in bestimmten Nächten in Bewegung gesetzt[.] Die Leitung der Maschine, das Einstellen der elektrischen Verrichtung, das Versenken und Aufsaugen der seitlichen Betten besorgten abwechselnd die Mitglieder des Senats unter einer Assistenz.

Und noch war nicht Jahresfrist verstrichen. Im grünen Frühjahr war der Apparat gebaut worden, und jetzt lag Schnee auf dem Dach des Schlosses. Da dröhnte der Kanonendonner und die Fahnen wehten, daß sich die Aufrührer versteckten und ein unendliches Glockenläuten im Land anhub.

Im Schlosse lag die Königin in ihrem Prunkbette. Die Verwandten, die sie besuchten, wünschten der jungen Mutter Glück. Ihr Dank war ruhig und kühl. Sie sprach als wenn es sie nichts anginge. <Wie eine Königin sprach sie, teilnahmsvoll und herrisch zugleich; (...)> Sie verwies die Gratulanten an den roten Staatsrat, der das Kindchen freudestrahlend hielt u. es herzte. Aber das gelbe K[?]gesicht, der mongolische Mischling mit der gewulsteten Unterlippe, der Hofarzt, lächelte glücklich für sich und zischelte dem emsigen Juristen [?] ins Ohr; es sei eingetreten, was er vorausgesagt hätte: das Kind gleiche im Gesicht, von vorn und von der Seite gesehen dem bleichen Kavalier, die Haare aber, die hätte es von dem schwarzen Hoffräulein. – [...]

DIE HELFERIN

Aufgrund der vorläufigen Inhaltsverzeichnisse kann davon ausgegangen werden, daß die Erzählung nach der *Butterblume* (1905) und vor der *Segelfahrt* (1910) entstand. Für eine nähere Datierung ergeben sich bislang keine Anhaltspunkte.

Siglen:

H1 Der Nachlaß enthält 2 hs. Entwürfe unter dem Titel *Der Helfer:* a. 6 doppels. beschr., nicht pag. Bl., meist lose, mit

Stichworten und Notizen; b. 6 meist doppels. beschr., nicht pag. Doppelbl., fünf Seiten sind ausgeschrieben mit vielen Korr. in Tinte, danach Stichworte.

H2 ED im *Sturm*, 2. Jg., Nr. 62, 13. Mai 1911, S. 493–494.

H3 erste Buchausgabe, EB, S. 71–86, TG.

ND *Flut. Die Anthologie der jüngsten Belletristik*, Heidelberg: Saturnverlag Hermann Meister 1912, S. 35–44 (folgt H2); vgl. auch Huguet, Bibl. Nr. 356.

44 *Prozeß des Fabrikanten Grasso:* Unklar ist, ob eine Begebenheit Döblin zu dieser Erzählung angeregt hat. Ein Prozeß gegen einen Grasso ist im Index der *New York Times* (Sept. 1851 ff.) nicht verzeichnet. Anstoß könnte auch die Lektüre Edgar A. Poes gewesen sein. 200000*:* H1 a,[2]/300000/, H1 b,[1l hat/800000/Menschen, was der Einwohnerzahl New Yorks Anfang des 20. Jahrhunderts entspricht.

45 *etwa zwanzig Jahre:* Huguet, S. 666, Anm. 4, weist darauf hin, daß Henriette Zander 22 Jahre alt war, als Max Döblin mit ihr 1888 nach New York aufbrach.

48 *riß sie:* Ä.d.H. nach H2,493, H3,80 hat/rieß/sie.

49 *schlurfte:* Ä.d.H., H2,493 u. H3,81 haben/schlürfte/, vermutlich ein Lesefehler.

50 *Senn Fair bei New York:* den Ort gibt es nicht, zur möglichen Namenssymbolik vgl. Huguet, S. 294 f.

52 *liebreichen Tod:* Huguet, S. 666, Anm. 2, verweist hierzu auf die Holzschnitte *Totentanz* von Alfred Rethel, besonders *Der Tod als Freund*.

DIE FALSCHE TÜR

Vermutlich wurde der Balkan als Ort der Handlung durch die Bosnien-Krise angeregt, die am 7. 10. 1908 zur Annexion Bosnien-Herzegowinas durch Österreich-Ungarn führte; im gleichen Jahr fand die jungtürkische Revolution in Makedonien statt. Aufgrund der Entwürfe für das Inhaltsverzeichnis ist anzunehmen, daß die Novelle jedenfalls vor der *Segelfahrt* (1910) entstand.

Siglen:

T1 vollst. eigenh. Hs., 22 eins. beschr. Doppelbl. und lose Bl., Tinte, mit Bleistift eigenh. pag.

T2 ED im *Sturm* 1. Jg., Nr. 54, 11. März 1911, S. 429–430.

T2 erste Buchausgabe, EB, S. 87–103, TG.

56 *»Zum Hohn. Denn mit dem Wachen, weiß ich, ist nichts«:* die Sätze fehlen in T1,10 u. T2,429, statt dessen hat T1,10 /So werde ich im Schlafe etwas erfahren. Im Schlafe./;

57 *Gaslaterne:* T1,11 *Gasflamme/.*

58 *»Pythia aus.«:* Ä. d. H. T3,96 fehlen die Anführungsstriche nach *aus.*

61 *»Unrecht«:* hierauf folgt in T1,18 u. T2,430 zusätzlich »Unrecht./Aber ich habe nicht Unrecht/«.

DIE ERMORDUNG EINER BUTTERBLUME

»In Freiburg im Breisgau im letzten Studienjahr kam mir beim Spazieren über den Schloßberg das Thema der Novelle *Die Ermordung einer Butterblume*, ich wußte nun etwas von Zwangsvorstellungen und anderen geistigen Anomalien.« (*Journal* 1952/53, in: SLW, S. 360) Döblins letztes Studienjahr war 1904/1905. Im Nachlaß ist ein Notizbuch Döblins erhalten mit einer auf »Mittwoch 20.4.[19]04« datierten Bleistiftzeichnung des Panoramas vom Schloßberg nach Süden (vgl. E. Kleinschmidt, SLW, S. 705, Anm. 99). In beiden vorläufigen Inhaltsverzeichnissen von EB (s. o.) wird die Novelle – anders als in der ersten Buchausgabe – nach dem *Stiftsfräulein* eingeordnet, das im Frühjahr 1905 entstand.

Siglen:

B1 vollst. eigenh. Hs., 26 eins. beschr., unpag. Doppelbl., die teilweise in der Falz abgerissen sind. Die Hs. ist gut lesbar, enthält wenige Korr. in etwas dunklerer Tinte; von Hg. pag. S. [1–26].

B2 ED im *Sturm*, 1. Jg., Nr. 28, 8. Sept. 1910, S. 220–221 u. Nr. 29, 15. Sept. 1910, S. 229.

B3 erste Buchausgabe, EB, S. 105–129, TG.

ND u. v. a. in: *Ahnung und Aufbruch. Expressionistische Prosa.* Hg. u. eingeleitet v. Karl Otten, Darmstadt u. a.: Luchterhand 1957, vgl. auch Huguet, Bibl. Einträge Nr. 84–88.

64 *oder eine Dame:* hierauf folgt in B1,[3] ein Absatz; *strich:* B1, [3]/glättete/; *verschämt. Vor die:* B1,[3] verschämt/vor sich hin, als es ihm einfiel/. Vor die.

65 *Körperstumpf, tropfte es:* B1, [4]/Körperstumpf tropfte es zugleich/. *gegen die Brust:* hierauf folgt in B1,[5] ein Absatz.

66 *steuern. Man:* hier ist in B1,[5] der Satz eingefügt: steuern./Er hielt es mit den alten Zeiten, wo noch das Orderparieren galt./Man. *Immenthal:* B1,[6]/Immentale/; *wüst:* B1, [6]/süß/; *Und daneben im Rasen fault der Kopf:* B1,[7] Und/unten im Sande fault der gelbe Kopf irgendwo/.

67 *schleimartig wie Erbrochenes:* B1,[7] schleimartig/, wie Erbrochenes, wie Kleinkinderstuhl/; *Geschmack fühlte:* B1, [7] Geschmack/ spürte/.

68 *in einen Baum:* in B1,[9] folgt hier der Zusatz in einen Baum/, hielt sich am Griff fest./; *totblasse:* Ä.d.H. nach B1,[9] u. B2,221; B3,115 hat/totblaße/; *schon gelähmt:* B1,[10] schon/wie/gelähmt; *sachte Lüsternheit:* B1,[10] /leichte/Lüsternheit.

69 *Vielleicht lebte:* in B1,[11] beginnt der Absatz mit dem Satz:/Er wollte nach der Mordstelle./Vielleicht lebte.

70 *Präliminarien:* B1,[13]Präliminarien/, Kriegserklärung/; *eingebracht werden:* in B1,[13] zusätzlich eingebracht werden./August Bebel, Eugen Richter/.

71 *blaßheller:* B1,[15]/glasheller/.

73 *Als er rechnete:* B1,[19]/Aber launenhaft arbeitete es in ihm weiter. Wenn/er rechnete.

75 *trotziger:* B1,[22]/protziger/; *eines sonnigen Abends:* fehlt in B1,[22]; *»§ 2043 Absatz 5«:* so auch B2,229; B1,[23] hat »§/2403,/Absatz 5«. W. Muschg (EB 2,53) übernahm von B1 die Variante § 2403. Das BGB hat immer nur 2385 §§ gehabt, das Strafgesetzbuch höchstens 370 §§. Auch eine »Kompensation der Schuld« kennt das deutsche Recht nicht. In »§ 2403 Absatz 5« vermutet L. Huguet ein verschlüsseltes Datum: *Alfred Döblin. Etudiant à Fribourg-en-Brisgau (1904–1905). Un Episode de sa vie sentimentale ou: Comment lire la nouvelle »L'assassinat d'une renoncule«.* In: *Recherches Germaniques* 16 (1986), S. 119–146.

DER RITTER BLAUBART

Das Ms. R2,[12] enthält im fortlaufenden Text den Satz »Schluß in der nächsten Nummer«, was sich auf den Abdruck im *Sturm* bezieht. Da der Titel im ersten vorläufigen Inhaltsverzeichnis fehlt, ist anzunehmen, daß *Der Ritter Blaubart* als letzte Erzählung des Zyklus EB im Oktober/November 1911 entstand.

Siglen:

R1 3 doppels. beschr. Bl. Entwurf, Stichworte.

R2 unvollst. eigenh. Hs., 34 eins. beschr., unpag. Doppelbl. und lose Bl. (incl. meist eingeklebter Beibl.), von Hg. pag. S.[1–34], mit vielen Korr.

R3 26 eins. beschr. unpag. Bl. Teilabschrift von Erna Döblin mit teilweise eigenh. Korr. von Döblin.

R4 ED im *Sturm*, 2. Jg., Nr. 85, November 1911, S. 676–677 und Nr. 86, November 1911, S. 683–685.

R5 erste Buchausgabe, EB, S. 131–154, TG.

NDD Felix Schloemp (Hg.): *Das unheimliche Buch*, mit einem Vorwort von Karl H. Strobl u. 15 Bildern von Alfred Kubin, München: Müller 1914, S. 141–155 (folgt EB 1); – Alfred Döblin, *Blaubart und Miß Ilsebill*, mit drei Steinzeichnungen von Carl Rabus, Berlin: Hans H. Tillgner 1923, S. 53–72.

78 *Kröten:* R2,[1] u. R4,676/Sumpftiere/; *Paolo di Selvi:* Döblin führt die Namen Paolo und Ilsebill ein, die bei

Perrault, Tieck oder Maeterlinck nicht vorkommen. Paolo und Ilsebill sind Figuren aus Gabriele d'Annunzios Roman *Forse che sí forse che no* (1910), vgl. Huguet, S. 657.

86 *»Sind Sie das?«*: Ä. d. H. nach R3,[13] u. R4,684, in R5, 146 fehlt das Anführungszeichen.

DER DRITTE

In beiden Entwürfen für das Inhaltsverzeichnis von EB wird *Der Dritte* nach der *Verwandlung* positioniert. Die Novelle dürfte auf Sommer 1911 zu datieren sein.

Siglen:

D1 vollst. eigenh. Hs., 33 eins. beschr. pag. Doppelbl., mit vielen Korr.

D2 ED im *Sturm*, 2. Jg., Nr. 77 u. 78, Sept. 1911, S. 613–614 u. S. 621–622.

D3 erste Buchausgabe, EB, S. 155–177, TG.

92 *Dr. William Converdon in Boston:* ob es sich um einen konkreten Zeitungsbericht handelt, der Döblin zu dieser Erzählung anregte, konnte nicht verifiziert werden. Das Motiv der Zeitungsannonce ist in der zeitgenössischen Literatur bekannt (vgl. Emil Laurent, *Sadismus und Masochismus. Autorisierte deutsche Ausgabe von Dolorosa*, Berlin: Barsdorf o. J., S. 171). Huguet, S. 643, Anm. 3, vermutet eine Hommage an E. A. Poe, der in Boston am 19. Januar 1809 geboren wurde. Möglicherweise inspirierte ihn auch die Lektüre Zolas (*La bête humaine*, 1890).

96 *Fluß weg:* Ä. d. H. nach D1,12 u. D2,614, D3,164 hat /Flußweg/.

101 *benachrichtigen:* hierauf folgt in D1,26 der Satz: benachrichtigen./Die Situation wäre für den Herrn Doktor dann dieselbe wie jetzt/.

102 *Mann hielte; es sei:* D1,26 Mann hielte;/sie seien beide Tatsachenmenschen, keine Phantasten;/es sei.

103 *beschert; über ein paar Tage war er:* D1,29 beschert;/hoffnungsvoll, – denn über ein paar Tage war er alle Scherereien mit den Weibsbildern endgültig los,/war er; *mit den herzlichsten Flüchen:* D1,30 u. D2,621 mit den/besten Segenswünschen/.

104 *Zinsgenuß:* D2,622/Zinsgemäss/.

DIE MEMOIREN DES BLASIERTEN

Jahrelang wollte Döblin diese Erzählung nicht publizieren: »Von den ›Memoiren‹ müssen Sie mich schon dispensieren. Gründe ein andermal mündlich.« (an Walden 15. 1. 1908, *Briefe*, S. 45) Döblin plante 1912 eine Veröffentlichung im *Sturm* (*Briefe*, S. 56), jedoch blieben die *Memoiren* als einzige Erzählung von EB vor dem Erscheinen des Sammelbandes unveröffentlicht. Die Erzählung wurde vermutlich 1904 verfaßt. Beide vorläufige Inhaltsverzeichnisse nennen sie vor der *Butterblume*. Leo Kreutzer, *Alfred Döblin. Sein Werk bis 1933*, Stuttgart: Kohlhammer 1970, S. 22f. weist darauf hin, daß im Ms. die Abschnitte jeweils mit drei Sternchen markiert sind, was Döblin in der ersten Schaffensperiode bis 1903 zu tun pflegte, und führt inhaltliche und stilistische Gemeinsamkeiten mit *Der schwarze Vorhang* (1902/03) für die Annahme an, daß die *Memoiren* bereits um 1903 entstanden. Dem wäre entgegenzuhalten, daß inhaltliche Gemeinsamkeiten auch mit den Aufsätzen *Über Jungfräulichkeit/Jungfräulichkeit und Prostitution* bestehen, deren Entstehung auf 1905 zurückreicht (KS I, S. 117–128, vgl. A.W. Riley dazu, S. 392 u. 423). Die *Memoiren* sind wohl mit Huguet der Freiburger Zeit zuzuordnen: der Ort der Schlußszene ist vermutlich der Schwarzwald; Döblin benutzt außerdem den im Süddeutschen gebräuchlichen Fragepartikel »Gelt« (vgl. L. Huguet, *Alfred Döblin. Etudiant à Fribourg*, a. a. O.). Terminus post quem wäre demzufolge April 1904.

Siglen:

M1 1. Fassung, vollst. eigenh. Hs., 22 eins. beschr., unpag. Doppelbl., von Hg. pag. S. [1–22], wenige Korr. in Tinte.

M2 ED in der ersten Buchausgabe, EB, S. 179–199, TG.

105 *Wink gaben:* in M1,[2] folgt hierauf zusätzlich: Wink gaben/Auch Unterhaltungen mit Fremden klärten mich auf/.

DAS STIFTSFRÄULEIN UND DER TOD

Die Novelle war die erste Erzählung, die Döblin veröffentlichte. Sie entstand, wie neben dem Titel in S1 eigenh. vermerkt, in »Freiburg i. B. Frühjahr 1905«.

Siglen:

S1 vollst. eigenh. Hs., 9 eins. beschr., unpag. Bl., von Hg. pag. S. [1–9].

S2 ED in: *Das Magazin*, Leipzig, 78. Jg., Heft 4, Januar 1908, S. 52–54.

S3 erste Buchausgabe, EB, S. 201–210, TG.

ND *Lyrische Flugblätter – Schnitte von E. L. Kirchner.* Berlin-Wilmersdorf. A. R. Meyer, November 1913, 16 S., davon 5 S. Holzschnitte (Abb. s. o.; Copyright by Dr. Wolfgang & Ingeborg Henze-Ketterer, Wichtrach/Bern)
Ebenfalls 1913 schuf Kirchner drei Holzschnitte zu Döblins Einakter *Comteß Mizzi.* Zu Kirchner und Döblin vgl. Kathrin Wiethege, *Kirchner – Berlin und die neue Literatur,* in: *Der Potsdamer Platz. Ernst Ludwig Kirchner und der Untergang Preußens,* Berlin: G+H-Verlag 2001, S. 163–169. Nach Auskunft von Dr. Wolfgang Henze, Bern, hat Kirchner die in der EA 1913 nicht vorhandenen Titel zu den Holzschnitten wahrscheinlich 1924–25 Gustav Schiefler diktiert, als dieser an der Katalogisierung der Druckgraphik arbeitete.

124 *Sie stöhnte. Die Augen … die Türe:* S1,[5]/sie stöhnte und hielt die Decke schützend mit blitzenden Augen bald gegen das Fenster, bald gegen die Türe über sich/.

Alfred Döblin im dtv

»Wer Döblin liest, wird reich ...«
Wolfgang Minaty

Berlin Alexanderplatz
Die Geschichte vom
Franz Biberkopf
ISBN 3-423-00295-6

Berlin Alexanderplatz
Die Geschichte vom
Franz Biberkopf
Die erste kommentierte TB-Ausgabe von Alfred Döblins berühmtem Berliner Großstadtroman
Hg. v. Werner Stauffacher
ISBN 3-423-12868-2

Jagende Rosse / Der schwarze Vorhang und andere frühe Erzählwerke
Hg. v. Anthony W. Riley
ISBN 3-423-02421-6

Die drei Sprünge des Wang-lun
Chinesischer Roman
ISBN 3-423-02423-2

Wadzeks Kampf mit der Dampfturbine
Roman
Hg. v. Anthony W. Riley
ISBN 3-423-02424-0

Wallenstein
Roman
Hg. v. Erwin Kobel
ISBN 3-423-13095-4

Der deutsche Maskenball von Linke Poot / Wissen und Verändern!
Hg. v. Anthony W. Riley
ISBN 3-423-02426-7

Reise in Polen
Hg. v. Anthony W. Riley
ISBN 3-423-12819-4

Manas
Epische Dichtung
ISBN 3-423-02429-1

Unser Dasein
ISBN 3-423-02431-3

Pardon wird nicht gegeben
ISBN 3-423-02433-X

Amazonas
Romantrilogie
ISBN 3-423-02434-8

Der Oberst und der Dichter oder Das menschliche Herz / Die Pilgerin Aetheria
Zwei Erzählungen
Hg. v. Anthony W. Riley
ISBN 3-423-02439-9

Der unsterbliche Mensch Der Kampf mit dem Engel
Religionsgespräche
Hg. v. Anthony W. Riley
ISBN 3-423-02440-2

Bitte besuchen Sie uns im Internet: www.dtv.de

Alfred Döblin im dtv

Drama, Hörspiel, Film
Hg. v. Erich Kleinschmidt
ISBN 3-423-**02443**-7

Briefe
Hg. v. Heinz Graber
ISBN 3-423-**02444**-5

Zwei Seelen in einer Brust
Schriften zu Leben und Werk
Hg. v. Erich Kleinschmidt
ISBN 3-423-**02445**-3

Der Überfall auf Chao-lao-sü
Erzählungen aus fünf Jahrzehnten
ISBN 3-423-**10005**-2

Schicksalsreise
Bericht und Bekenntnis
ISBN 3-423-**12225**-0

Babylonische Wandrung oder Hochmut kommt vor dem Fall
Hg. v. Walter Muschg in Verbindung mit den Söhnen des Dichters
ISBN 3-423-**12370**-2

Schriften zu jüdischen Fragen
Hg. v. Hans Otto Horch
in Verbindung mit
Till Schicketanz
ISBN 3-423-**12454**-7

Die Ermordung einer Butterblume
und andere Erzählungen
Hg. v. Christina Althen
ISBN 3-423-**13199**-3

Hamlet oder Die lange Nacht nimmt ein Ende
Roman
Hg. v. Anthony W. Riley
ISBN 3-423-**12737**-6

November 1918
Eine deutsche Revolution
Kassettenausgabe in
4 Bänden
Band 1: **Bürger und Soldaten**
Band 2: **Verratenes Volk**
Band 3: **Heimkehr der Fronttruppen**
Band 4: **Karl und Rosa**
Hg. v. Werner Stauffacher
ISBN 3-423-**59030**-0